HUNANGOFIANT: Y LLYFFANT

RAY EVANS

Hunangofiant: Y Llyffant

CYSTADLEUAETH Y FEDAL RYDDIAITH

Eisteddfod Genedlaethol Frenhinol Cymru 1986

Argraffiad Cyntaf - Awst 1986
Ail Argraffiad - Hydref 1989

ISBN 0 86383 258 X

Argraffwyd gan:
J. D. Lewis a'i Feibion Cyf., Gwasg Gomer, Llandysul

Wrth fynedfa'r Ficerdy mae llwyni ar lwyni o rododendryms. Rhai'n goch fel blows howscipar y Ficrej, ond lliwiau'r lleill wedi rhedeg yn y glaw. Er bod hwnnw wedi rhoi'r gorau i bigo fy mochau, mae yma o hyd, yn llewych ar y dail llyfnion ac yn arogldarth melys yn fy ffroenau. Y tarmacadam yn sgleinio fel ceffyl porthiannus o'n blaenau a'r afon yn chwyddo'n lleidiog islaw i ni. Fy llaw yn llaw fy nhad-cu, fy nghoesau'n anystwyth yn y welitons newydd sy'n dod yn rhy bell i fyny 'mhengliniau. Fy mraich yn rhy fyr i'm llaw orffwys yn barhaol yn ei law ef a, gyda phob cam a gymerwn, ein cledrau'n gwahanu, dim ond i ailuno ar amrantiad â rhyw sŵn bach chwyslyd. Cerddwn, Ta-cu a minnau, mewn cytgord perffaith. Sŵn crawcian . . . llyffant yn ymddangos . . . nerf yn ei wddf yn symud, symud . . . ei lygaid yn syllu arnaf. Yn sydyn, dim ond gagendor sydd ar y tarmacadam, ac rwy'n gwybod bod rhywbeth wedi gorfodi'r llyffant i neidio. Mae'n awr yn gytgord cynnes rhwng ein cledrau. Ninnau'n parhau ar y siwrne nad wy'n cofio ei dechrau na'i diwedd. Os, yn wir, y bu dechrau a diwedd iddi.

★   ★   ★   ★

Mae rowndabowt fy nyddiau cynnar yn ymestyn ac yn tynnu ati . . . weithiau'n cael ei chwipio ymlaen gan y gwynt a aeth yn holics yn y gwiail meinion yn yr ardd . . . weithiau'n hwylio'n hamddenol yn yr haul. Mae'n chwyrnellu yn ei blaen gyda moto-beic Dad ac yn rhodianna'n hamddenol i gyfeiliant clochdar iâr yn y pellter. Yn ysbeidiol, mae'r rowndabowt yn aros ac rwy'n gweld llygad bach sgwâr yr haul yn syllu arna i fel y gorweddaf yn y gwely mawr coch. Mae'n dringo drwy'r ffenest ac yn tynnu ei fysedd dros y rhosynnau gwelw sy'n blodeuo ar y papur wal a thros y leins cwafrog a wnaeth fapiau o Wlad yr Iesu ar y patshyn uwchben y ffenest. Mae'n cerdded ar y seilin, gan wenu'n hapus wrth neidio o grac i grac. Mae'n anwylo fy wyneb â'i fysedd cynnes.

Y tu allan, mae'r côr o ieir yn canu eu corws cwynfanllyd am gaeau gwyrddion sy'n ymestyn ac yn ymestyn i ben draw'r byd a thu hwnt. Mae'r haul yn fy nghofleidio ac mae'r angylion yn siffrwd eu hadenydd.

Mae'r rowndabowt yn cyflymu eto. Rwy'n cael cip o Dduw yn gwisgo cap fflat a throwsus rib Dad ac yn ei glywed yn canu *If you were the only girl in the world* a *Land of Hope and Glory* yr ochr draw i'r pared. Rwy'n gwneud nyth o gôl Dad, gan agor fy ngheg fel cwcw farus i dderbyn top ei wy-wedi-ferwi neu ronell garw, melys ei sgadenyn. Am ennyd, rwy'n cael cip ar y coed yn troi eu dail wyneb i waered yn eu llid ac yn ysgwyd eu hunain yn eu tempar o gwmpas y tŷ

6

dihidio . . . o fy hunan yn cario llond stên fach o ddŵr o'r ffynnon. Pwysau'r stên yn gwneud i fi blygu 'mhen tua'r ddaear . . . dod wyneb yn wyneb â llygad y dydd am y tro cyntaf. Syllu a syllu ar ein gilydd. Yr edrychiad cyson, melyn ynghanol y blew llygaid pinc yn danfon ias ddierth i gerdded fy nghorff. Cipolwg ar y Pond-bach o dan y clawr clir caled a roddodd yr iâ sur-bwch arno er mwyn rhoi taw ar ei asbri . . . o fy hunan yn crwydro'r caeau gan garu a charu holl blanhigion y maes, am eu llyfnder a'u gerwinder, am eu persawredd ac am eu drewdod llymsur.

Mae'r rowndabowt wedi arafu. Llais Mang-gu yn dod o bellter mawr. 'Mêl yw hwn, 'merch fach i, mi neuth les i ti . . .' Mae tân yn fy ngwddw a phoen yn fy llwnc ond mae'r mêl yn mynnu 'i ffordd felys-raeanog i lawr.

'Dyna ti, mi alli di stopio llefen nawr — mi fydd hi byw y tro 'ma.' Â Mam y mae Mang-gu'n siarad. 'Ond ddylet ti ddim fod wedi gadel y botel lini-ment o fewn cyrraedd y plentyn. Wir, Mari, fuest ti'n esgeulus iawn.' Mae'r cerydd yn llais Mang-gu yn fy synnu. Dim ond weithiau, pan fydda i wedi bod yn tynnu blodau yn ei border hi, neu Sam wedi bod yn ddrwg, y bydd hi'n iwsio tôn fel hyn. Rwy'n clywed sŵn moto-beic Dad yn peswch a thuchan 'i ffordd lan y lôn.

Mae lleisiau pell yn y pasej '. . . y botel liniment . . . *foot-rot* y defed . . . mi fuodd hi jest â mynd . . . 'i cha'l hi'n gorwedd ym mwlch yr hewl wnes i . . .' Mae Cled Saer wedi dod i mewn gyda Dad '. . . ac

mi hales i'r crwt 'ma lawr i hôl ych mam-yng-
nghyfreth . . .'

'Ac mi ddes innau â lla'th lan gyda fi . . . ro'n
i'n gwbod na fyddai dim llawer 'ma, â'r fuwch
yn hesb . . . dyna beth arbedodd 'i bywyd hi . . .
druan fach . . . ' Mae Mang-gu yn 'y ngwasgu i
ati.

Mae arna i eisiau disgrifio'r person a'm dan-
fonodd i nôl dros sticil yr enfys . . . rwy'n crefu ac
yn ymbil am gymorth y geiriau, ond ysgwyd 'u
pennau y maen nhw, fel pe baen nhw'n dweud
bod y dasg y tu hwnt i'w cyrraedd nhw, a bod
angen amgenach iaith . . . A, ta waeth, does neb
yn gwrando.

Ac rwy'n sylweddoli nad â'r llygaid hyn, sy'n
araf gau o dan effaith clwcian rhithmig Mang-
gu, y gwelais i'r hyn a welais i.

Mae iâr yn clochdar yn y pellter. Mae buwch
yn brefu yn rhywle.

'Rwy'n falch bod y groten fach wedi'i hachub,
ta beth.'

Mae Dad yn cydsynio â Mang-gu.

Dyw Mam ddim yn dweud run gair.

Mae Miss yn rhoi llyfrau i gadw yn y cwpwrdd
coch. Mistir yn dod i mewn. Mae e'n edrych yn
grac ac yn sibrwd rhywbeth wrth Miss. Mae ei
gafael ar y llyfr yn ei llaw hi'n llacio.

Mistir yn troi at y dosbarth. 'Rych chi i gyd yn
gwybod bod Sali Tyn-berth wedi bod yn sâl ers

rhai miso'dd. Rwy newydd glywed 'i bod hi wedi marw.'

Wyneb Sali'n nofio o'm blaen i. Pen fel meipen â hollt ynddi a rhywun wedi gosod dannedd yn yr hollt i ffurfio gwên lydan. Ydy'r hollt wedi cau, nawr a bod Sali wedi marw? Neu odi hi'n gorwedd ar ei gwely â'r wên lydan ar ei hwyneb o hyd? Rhoi 'mhen lawr ar y ford o'm blaen a thynnu 'nhalcen lawr dros y ford. Sŵn fel tyrfau. Y sgwariau bychain ar y ford yn arw yn erbyn croen fy nhalcen ac arogl pwti a phensiliau yn codi i'm ffroenau i.

'Clefyd y siwgir o'dd arni, druan fach.'

'Beth yw clefyd y siwgir, Mang-gu?'

'Dy wa'd di'n troi'n siwgir.'

O'dd hi wedi troi'n dalpyn mawr o siwgir, fel y troiodd Gwraig Lot yn dalpyn o halen?

Pobol yn dew ar y clos. Rwy'n boeth iawn yn fy siwt felfed ddu a'r flows biws. Mistir yn galw arnom ni'n dawel i glosio at ddrws y tŷ. Rhywun yn cymryd y tusw poeth o'm dwylo i. Mae arogl y lelog a'r tresi aur yng nghlawdd yr ardd yn cymysgu ag arogl melys y plethdorchau sy'n llanw'r parlwr. Mae Miss yn rhoi macyn poced yr un i ni i gyd — macyn poced gwyn ag ymyl ddu iddo fe.

Yng ngharddd Mang-gu mae llawer iawn o flodau . . . croeso haf, mynawyd y bugail, llysiau'r hedydd, dagrau Mair . . . Mi fydda i'n siarad llawer â nhw ac yn cyffwrdd ambell un hefyd pan na fydd Mang-gu yn edrych. Yng nghefen y border, yn agos i'r clawdd mae'r lili. Fydda i byth

9

yn torri gair â hi — mae rhywbeth yn ei chylch hi sy'n eich cadw chi rhag mynd yn ewn arni hi. Fydd *hi* byth yn eich cyfarch chi, dim ond sefyll yn ei hunfan, yn wyneb tawedog ar goesen dal.

Ond y lili sy'n teyrnasu yma heddiw. Mae hi ymhobman. Nid yn unig yn y plethdorchau, ond yn dalsyth a balch mewn llestri pridd a llestri tseina o gwmpas y parlwr, fel pe bai hi'n gwarchod yr arch sydd ar y ford hir.

Mae tad a mam Sali yn ymddangos o rywle. Mae'r Ficer yn agor y Beibl anferth sydd ar y ford fach ac yn dechrau darllen yn uchel. Mae tad a mam Sali yn cwato'u hwynebau â'u macynon ac mae'u hysgwyddau nhw'n siglo fel coed mewn storom.

Fues i erioed yn dalach na'r lili o'r blaen. Ond heddiw, mae rhywun wedi byrhau ei choes hi cyn ei rhoi mewn fâs ar y llawr wrth f'ymyl i ac rwy'n edrych i lawr arni. Edrych i lawr ac i lawr i gwddwg hi, fel y gwelais i Tomos y Fet yn edrych i lawr gwddwg y fuwch oedd yn sâl, slawer dydd.

Mae'r lili'n llonydd, llonydd. Mi wyddwn i wrth gwrs am ei cholyn melyn hi, ond wyddwn i ddim mai paladr o oleuni oedd ef mewn gwirionedd. Mae'n llygad i'n dilyn y paladr, i ddyfnderoedd y lili. Ac yn awr mae'r Golau ymhobman ac nid â'm llygaid rwy'n ei weld ef. Theimlais i erioed mor hapus. Rwy'n clywed fy hunan yn gweiddi. Mae rhywun yn cydio yndo i. Llygaid yn troi i edrych arnaf i.

'Ddylet ti ddim fod wedi gadael iddi fynd . . .
hala plentyn mor ifanc, i angladd o bopeth . . . ac
ar ddwarnod mor dwym!'

Mae Mam yn ddistaw, fel y bydd hi bob tro pan
fydd Mang-gu'n difrïo. Eistedd yn y gegin ym
Mwlchcerdinen rŷn ni. Does neb yn dweud gair
am ryw funud. Wedyn mae Mang-gu'n ochneid-
io'n dawel 'Lle gwag iawn sy'n Tyn-berth heno.'

Mae'r rhoi ei llaw ym mhoced ei brat ac yn
'mestyn switsen i fi.

★   ★   ★   ★

Mae Mrs. Tomos y Siop wedi gwahodd Megan
Blue Belle a Lisi Teiliwr a fi i grynhoi'r afalau
sydd wedi cwympo yn ei pherllan hi. Mae Mam
yn rhoi cwdyn papur brown i fi. Rwy'n galw am
y ddwy arall a chyn hir mae gyda ni gwdyn
papur brown yr un o afalau cleisiog.

'Ewch adre'n strêt nawr ac edrychwch ar ôl
Esther. Mae hi dipyn yn llai na chi,' mynte Mrs.
Tomos.

'Beth am fynd lan am dro bach dros Rhiw
Forgan?' mae Megan yn gofyn.

'O pwy sy ise mynd unrhyw le'n agos i'r ysgol!
Mi welwn ni honno'n ddigon cloi pan ddechreu-
ith yr ysgol ddydd Llun!'

Ond mae Lisi'n troi lan yn ddigon parod gyda
Megan a fi.

'Wyddost ti shwd ma gwneud cwlwm cariad,
Esther?'

'Beth yw hwnnw, Megan?'

Mae Megan yn tynnu llwyn cyll tuag ati ac yn casglu dyrned o ddail cyn gadael i'r gangen ddianc nôl i'r clawdd.

'Rwyt ti'n plygu'r ddeilen fel hyn a fel hyn, yn cnoi . . .'

Mae Megan yn cnoi a wedyn yn agor beth sydd ar ôl o'r ddeilen. Mae patrwm pert iawn gyda hi yn ei llaw. 'A dyna i ti gwlwm cariad.'

Mae'n cymryd llawer iawn o ddail cyn mod i'n gallu gwneud cwlwm cariad, a hyd yn oed wedyn dyw e ddim yn un da iawn.

'Nawr rŷn ni'n rhoi'r clymau ar yr hewl fel hyn. A phwy bynnag sy'n dod heibio ac yn damsgen dy gwlwm di, hwnnw fydd dy ŵr di.'

'Mi fydd e'n tynnu dy nicers di lawr!' Mae Lisi yn dechrau chwerthin. 'A mhen naw mis mi fydd babi'n dod ma's o dy dits di!'

'Sdim tits gyda hi!'

Mae'r ddwy yn ddiymadferth ym môn y clawdd.

Mae sŵn fel tyrfau i'w glywed yn y pellter. Mae'r ddwy yn sobri.

'Tu ôl i'r clawdd, ferchéd.' Rŷn ni'n tair yn dringo drwy fwlch yn y clawdd ac yn cwtsho lawr o olwg yr hewl.

'Dim ond Ned Tyn-llain sy 'na gei di weld,' meddai Lisi, 'a phwy sy ise priodi hwnnw? Mae e'n rhy hen yn unpeth!'

'Falle bod rhai o fois y pentre gydag e yn y cart —Jac y Noyadd, falle!' Mae llygaid Megan yn disgleirio. 'Falle digwyddith Jac ddisgyn o'r cart a damsgen cwlwm un ohonom ni!'

'Mae honna'n falle go fowr!' Mae'r ddwy'n chwerthin yn eu cyrcydau y tu ôl i'r clawdd. Mae'n nghoesau i'n dechrau gwneud dolur. Nesáu mae'r tyrfau.

Mae'r tair ohonom ni'n 'mestyn ein gyddfau. Ned Tyn-llain, a fe'n unig, sydd yn y cart. Mae Mang-gu'n dweud fod ei wyneb e fel clawr bara.

Mae Lisi yn gollwng 'Hai' fawr wrth sefyll ar ei thraed a chamu ma's i'r hewl. Mae'r gaseg yn cael ofan. Mae Ned yn disgyn o'r cart.

'Damo chi ferched, yn hala ofan ar y gaseg felna!' Mae dannedd dodi Ned yn rhy fawr i'w geg nes gwneud iddo edrych fel pe bai fe bob amser yn gwenu. Ond mae'i lygaid e'n grac iawn.

'Ble rych chi'n mynd â'r hwch, Ned?' Mae Megan yn pwyntio at yr hwch sy o dan rwyd yn y cart. Mae Ned yn anghofio bod yn grac. Mae rhyw olwg blês iawn yn dod i'w lygaid.

'At y doctor, merch i!' Wrth siarad, mae Ned yn camu mlaen ac mae'n damsgen ar fy nghwlwm cariad i. Mae'n ddigon hawdd i nabod f'un i achos mae e'n fwy bratiog na rhai'r ddwy arall.

'Hei, mae Esther yn eich caru chi! Mae hi isie'ch priodi chi!' Mae Lisi yn gweiddi ar dop ei llais.

'Odi hi wir! Beth am gusan bach te?'

Un funud mae 'nhraed i ar y llawr, un droed yn llusgo ar ôl y llall, a 'nghorff i dipyn bach yn stiff ac yn gam wrth ddilyn y ddwy arall o du ôl y clawdd. Y funud nesaf, fe sgubir fi i'r awyr gan freichiau Ned. Mae'n gafael ynddo i o amgylch 'y nghlluniau gan 'y nghynnal i uwch ei ben.

Mae Megan a Lisi yn edrych lan arna i, a does dim gyddfau ganddyn nhw. Mae'r cerrig yn y lôn yn rhythu arna i, yn llonydd a llwyd-wyn. Rwy'n gallu gweld dros y clawdd i gae Wern-driw. Mae'r ddwy fuwch yn pori'n hamddenol, ac un o'r defaid yn seso arna i. A does dim i'w ddweud gan y dderwen ynghanol y cae.

Mae Ned yn fy nhynnu i lawr ac, wrth i'w freichiau blygu, mae'i ddwy law, fel dwy raw, yn slipio dan lastic coesau 'y nicers i. Mae'i wyneb yn dod yn nes ac yn nes, ac mae smel 'i chwys yn sur yn 'yn ffroenau i, ac mae ei geg e'n galed ac yn wlyb yn erbyn f'un i ac â'r holl nerth sydd ynddo i rwy'n hwpo ac yn crafu ac yn pwsho, a phan ddaw cyfle i dynnu anal, rwy'n sgrechen.

Mae gafael Ned yn llacio ac mae e'n gadael i fi lithro i'r llawr.

Mae llysiau'r ychen a blodau'r neidir yn 'mestyn eu breichiau ataf fi o'r clawdd.

Mae Ned yn troi ar ei sawdl . . . yn dringo i'r cart. Mae sŵn yr olwynion yn pellhau.

'Paid â llefen felna, Esther! Mae e wedi mynd nawr! Hwde, cymer un o'n fale i!'

'Dim ise afal!' Rwy'n beichio llefen. Mae con-syrn yn llais Megan ond d'wedwst yw Lisi.

'Gwell i ti beidio â gweud gair am hyn wrth dy fam — ontefe Lisi?'

Mae Lisi yn hollol fud. 'Wel mi neuth afal les i ti . . .'

Mae Megan yn cydio yn un o'r afalau sy'n 'i bag hi ac yn ceisio 'i wthio rhwng 'y nannedd i. Rwy'n peidio â llefen ac yn cau 'y nannedd yn glòs at 'i gilydd.

'O wel, ma'n well i ni fynd adre. Mae'n siŵr o fod yn amser cinio.' Mae Megan yn towlu'r afal dros ben clawdd.

'Chlwes i erioed y fath beth! Gadel i Ned Tyn-llain redeg ar dy ôl di a dy gusanu di! Ach y fi!'

'Allwn i ddim help, Mam! Fe gydiodd yndo i—'

'Cydio ynot ti wir! Pam na fyddet ti wedi rhedeg bant, neu weud wrtho fe am dy adel di'n llonydd? Wnaeth e ddim byd i Megan a Lisi!'

'Ond . . . ond . . .'

'Wyddwn i ddim beth i weud pan wedodd mam Lisi yr hanes wrtho i! Mae'n gas gyda fi drosto ti — ach y fi!'

'Ond fe gydiodd yndo i—'

'Wn i ddim beth wedith Dad pan ddaw e adre! Gwell i ti fynd i'r gwely o'r ffordd . . . ach y fi!'

Mae lleisiau yn dringo o'r gegin i'm stafell wely i.

'. . . Ned Tyn-llain yn mynd â'r hwch at y baedd . . . wn i ddim beth ddaw o'r ferch . . .'

'. . . ddylet ti ddim gadel iddi whare gyda phlant yn hŷn na hi . . .'

'. . . dilyn Meri Jên ma hi, gei di weld . . .'

'. . . rown i'n meddwl y byddet ti'n dod â'n whâr i miwn rwle . . . do's dim yn bod ar Meri Jên . . . wedi bod dipyn yn anlwcus, falle . . .'

Mae'r lleisiau'n codi.

Mae'n codi awel tu fa's. Rwy'n clywed y gwiail main yng nghlawdd yr ardd yn clatsho 'i gilydd yn ddidrugaredd. Rwy'n gwasgu 'mysedd i'n nghlustiau. Pan dynna i nhw, mae'r whwthwm gwynt wedi peidio, a'r lleisiau wedi distewi. Mae'n ngwefusau i'n gwneud dolur ar ôl yr afal a geisiodd Megan 'i wasgu i 'ngheg i.

Rhaid i fi gofio, pan ddechreuith yr ysgol, Ddydd Llun, bod gen i air newydd. Gair arall am feddyg, sef 'baedd'. Bydd Syr yn falch iawn ohono i.

★   ★   ★   ★

Mae rhywbeth wedi 'nihuno i. Mae Sam hefyd ar ddi-hun. Mae cyffro y tu draw i'r palis. Lleisiau Dad a Mang-gu ac ambell ochenaid gan Mam. Dyw Sam a finnau ddim yn torri gair â'n gilydd a does dim un ohonon ni'n mentro ma's o'r gwely i gorneito.

Toc, mae babi'n llefen. Mae Dad yn dod i ddweud wrthon ni am godi ac mae'n dod lawr i'r gegin i wneud shincin i ni. Wedyn, mae'n mynd nôl i'r llofft â phadellaid o ddŵr twym o'r tegil. Mang-gu'n galw arnon ni i ddod lan i'r llofft. Mae babi bach yn gorwedd ar wely Sam a finnau. 'Eich brawd bach newydd chi.'

Dad yn dod mewn â gwên lydan ar 'i wyneb. 'Griffith John.' Ac nid yw'n cynnig unrhyw sylw pellach. Syllu ar y dyrnau bach a'r wyneb coch. 'Edrych ar 'i benliniau bach e!' Mae Sam yn llawn cywreinrwydd.

Rai wythnosau'n ddiweddarach, mae Mam yn dweud, 'Cer lan i dŷ Ann Blaen-pant a gofyn iddi ddod i olchi 'ma Ddydd Llun.'

Rwy'n dechrau ar 'yn ffordd. Rwy'n gwybod i ba gyfeiriad y mae Blaen-pant. Mae'n debyg, pan gyrhaedda i'r tŷ, y bydda i'n gwybod mai hwnnw yw Blaen-pant, neu fyddai Mam ddim wedi gofyn i fi fynd. Rwy'n cerdded hyd at ben y lôn sy'n arwain i'r ysgol. Rwy'n mynd heibio pen y lôn ac yn cael fy hunan mewn gwlad hollol ddierth. Mae tai yma a thraw, rhai ohonyn nhw'n rhesi o dri neu bedwar, ond does dim yn dweud wrthyf fi p'un yw Blaen-pant. Ymlaen â fi. Rwy'n dechrau blino. Wrth nesáu at dro yn yr hewl, rwy'n clywed smel tar ac mae sŵn hamddenol stêm-roler yn taro 'nghlustiau i. Mae dreifer y stêm-roler yn rhythu arna i ac rwy'n torri ma's i lefen. Mae rhywun yn cydio yno i a'm rhoi ar far 'i feic.

Mae Mam yn grac. 'Mi ddylet ti fod yn gwybod ble mae Bla'n-pant!'

Tu ôl i gwb yr ŵydd, yn iard y geir, mae gyda fi ddosbarth o ddanad poethion. Rwy'n mynd atyn nhw nawr ac yn cymryd pastwn atyn nhw. Yn ddiweddarach, rwy'n taro'r basn siwgir lawr yn galed wrth ddod â the i'r ford. Y peth cynta mae Mam yn wneud pan ddaw Dad adre yw dangos y crac yn y basn iddo fe. 'Wn i ddim beth ddaw ohoni — mae bron â'n lladd i!'

Drannoeth, rwy'n mynd i Bwlchcerdinen. 'Licet ti aros ma dros y gwyliau?' Wn i ddim

17

beth yw'n ateb i, ond rwy'n aros yno. Rwy'n cysgu rhwng Ta-cu a Mang-gu. I frecwast, rwy'n cael porej ac rwy'n mwynhau cnoi'r talpiau sydd ynddo fe. Mae'r gath yn gwneud bwa o'i chefen ac yn neidio lan i fod wrth f'ymyl i ar y sgiw. Mae hiraeth arna i am Sam a Griffith John.

Wedi dibennu'r porej, rwy'n bwyta'r plated o gig moch ac wy mae Mang-gu'n roi o 'mlaen i.

'Roedd dy fam yn gweud mai dim ond shincin allet ti fyta yn y bore,' mynte hithau.

Ar ôl brecwast, rwy'n mynd ma's i gorneito. Mae pownd yn llifo wrth ymyl y libart sydd wrth dalcen y tŷ. Dŵr wedi'i dynnu o'r afon yw'r pownd, a nes ymlaen mae'n ailuno â'r afon. Hwn sy'n troi rhod y felin ac mae'n mynd heibio i'r sloter-hows, wedyn o dan yr hewl-fowr, i lifo gyda thalcen Bwlchcerdinen. Rwy'n sefyll ar ei lan a syllu ar y rhubanau pert o berfedd anifeiliaid sydd wedi'u dal yn y cerrig ar y gwaelod. Os sylla i'n ddigon hir, mae'r dŵr yn aros yn llonydd a minnau'n symud.

'Chi'n dod i whare gyda ni?' Maud sy'n sefyll wrth f'ochor i ac mae Edith gyda hi. Rwy wedi gweld y ddwy o'r blaen, wrth gwrs, achos o bwmp Bwlchcerdinen y mae pawb o amgylch yn cael dŵr, a thra bo Mang-gu'n siarad â'r menywod, mi fydda i'n chwarae cwato â'r plant, yn y sied neu yn y tŷ bach ar waelod yr ardd, neu rownd i dwlc y mochyn a rhwng y coed pys.

'Rhaid i fi ofyn i Mang-gu.'

'Wel peidiwch â mynd ymhell a gofala beidio á chwmpo i'r pownd!' yw ateb Mang-gu. Rŷn ni'n tair yn croesi'r hewl-fowr.

Gyferbyn â Bwlchcerdinen mae tŷ mawr a ffatri wlân y tu ôl iddo fe. Mae'r ffatri'n segur erbyn hyn. Mae rhyw bedair ffatri yn y pentre i gyd ond dim ond rhyw ddwy ohonyn nhw sy'n gweithio.

Mae llawer o jwmps i'w cael yn groes i'r pownd. 'Mi gei di dreio'r rhai rhwydd i ddechrau,' mynte Edith.

Mae'n sefyll wrth y jwmp gyntaf, a Maud yn sefyll yr ochor arall, gan ymestyn ei llaw i helpu. Dim ond ar ôl gwneud y jwmps rhwydd rwy'n cael mynd ymlaen i'r rhai anodd. Mae llawer o jwmps ar ôl gyda fi pan ddaw amser cinio.

Yn y prynhawn, mae Edith a Maud yn dod i alw amdana i.

'Cerwch i hôl torth i fi — torth wen, rot.' Mae Mang-gu'n estyn pishyn chwech i fi. 'Ac mi gewch chi brynu byns â'r newid, jest am heddi!'

Rŷn ni'n dilyn glan y pownd, heibio i'r Felin, i fynd i Glandalis. Tynnu plet rydyn ni, a thrwy Sgwâr Top y byddai dieithryn yn mynd.

Mae'r ffordd yn gul ar lan y pownd, ar ôl mynd heibio i dalcen y Felin. I'r chwith i ni, mae fferm Glandulais. 'Gobeithio nad yw'r tarw ma's,' mynte Edith.

Ond does dim sôn am darw — dim ond lot o wartheg yn pori'n dawel ar y ddôl. Croesi'r sticil, mynd lan y llwybyr bach cul, a dyma ni ar yr hewl fawr ac wrth ddrws Miss Humphreys. Tŷ cyffredin sy 'ma, nid siop, a chnocio ar y drws ffrynt a wnawn. Mae smel crasu bara yn llenwi'r pasej.

Mae defaid yn frith ar wyneb Miss Humphreys. 'Cewch, 'merch fach i!' mynte hi'n garedig, pan ofynna i am y dorth a'r byns. Rŷn ni'n tair wedi llowcio'r byns cyn cyrraedd y bompren.

Pan ddown ni'n ôl at y Felin, mae'r rhod yn troi. Mae'r dŵr yn cwympo'n rhaeadr oddi arni, ac mae'r sŵn yn fyddarol. Ond yn sydyn, wrth droi gyda thalcen y Felin, mae distawrwydd.

Mae Jones y Bwtshwr yn arwain eidion i'r sloter-hows a dau ddyn yn cerdded y tu ôl, a phastynau ganddyn nhw. Mae'r tair ohonon ni'n loetran tu fa's i ddrws y sloter-hows.

'Nawr te, ferched bach, bant â chi! Sdim o'ch heisiau chi 'ma nawr!'

Mae geiriau'r bwtsher yn hala mwy o chwant loetran arnon ni. Rŷn ni'n esgus mynd, ond yn troi'n ôl ac yn rhedeg gyda chefen y sloter-hows, a mynd heibio i'r drws agored yr ail dro.

Mae tu fewn y sloter-hows yn gwthio'i hunan yn erbyn 'yn llygaid i, a alla i ddim mo'u cau nhw. Yr eidion wedi'i glymu wrth bost, Jones y Bwtshwr â'i freichiau uwch 'i ben a gordd yn 'i ddwylo. Yr ordd yn bwrw'r eidion yn 'i dalcen a hwnnw'n cwympo, gyda sŵn arswydus, i'r llawr.

Mae wynebau'r ddwy arall fel y galchen, ac mae atal-dweud ar Edith.

'Mi fytest ti ormod o'r byns 'na gw'lei,' mynte

Mang-gu'n ddiweddarach, 'Mae golwg ddiwrig iawn arnat ti!'

★   ★   ★   ★

Dyw Miss ddim yn 'rysgol heddiw. Mae Mistir wedi tynnu'r partishon nôl, ac mae e'n rhuthro nôl a mlaen rhwng dau ben yr ystafell fel buwch â robin gyrrwr arni. Mae plant Rŵm Fowr yn 'i boeni fe ynghylch rhywbeth o hyd.

'Plis, syr, rwy wedi 'bennu Priffordd Llên — alla i ddachre Piers Plowman nawr?'

'Ma'n nib i wedi torri . . .'

'Ma' rhywun wedi rhoi papur yn yr incwel ac rwy'n gneud blots o hyd, syr . . .'

O'r diwedd, mae Mistir yn dweud wrthon ni'r plant lleiaf am sefyll a pheidio â gwneud gormod o sŵn â'n cadeiriau. Wedyn, mae'r plant mawr yn gorfod closio at 'i gilydd yn 'u desgiau hirion i wneud lle i ni.

'Mi gewn ni *oral lesson* nawr,' meddai Mistir. Mae'n galw ar Denzil Brynbedw i ddisgrifio diwrnod ym mywyd ffermwr. Wedyn, dyma fe'n galw Sam ma's i ddisgrifio diwrnod lladd gwair.

'Yn gynta, ma' tad Denzil yn lladd 'i wair e, ac ma' Dad yn aros gartre o'r gwaith i'w helpu fe. Wedyn, ar ôl i Brynbedw gywain 'i gwair nhw, ma' Dad yn cael fendyg ceffyl a mashîn gwair i ladd yn gwair ni, a—'

'Erbyn hynny mae'n diwel y glaw!' mae Denzil yn chwerthin o'i gornel.

'That's enough! Ewch 'mla'n, Sam.'

21

'Ar ôl lladd y gwair, 'rŷn ni'n 'i foelyd ef, a wedyn—'

'I foelyd e â pheth? Â chryman? Be more explicit, Samuel Williams!'

'Nage syr . . . â rhaca . . . wedyn rŷn ni'n 'i ysgwyd ef . . . â phigau,' mae Sam yn 'chwanegu'n gloi, cyn i Mistir gael amser i holi.

'Ie, ie . . . beth wedyn?'

'Rhibynno'r gwair wedyn, a gneud mydylau ohono fe . . .'

'Syr! Syr!' Mae Denzil yn ffaelu â bod yn ddistaw. 'Dim ond os bydd argo'l am law mae ise rhoi'r gwair miwn mydylau . . . rhag ofan iddo fe wlychu . . .'

'Ie . . . ie . . . that's right, Denzil.'

'Ond ma' tad Sam yn mwdwlu'r gwair bob tro. Os na fydd e'n hollol barod i gywen, a'i fod e'n gorfod 'i adel e ma's drwy'r nos, ma' fe'n rhoi'r gwair miwn mydylau, ta beth fydd y weiarles yn ddweud am y tywydd. Tomos Mydylau ma' Dad yn 'i alw fe.'

Mae'r plant i gyd yn chwerthin. Mae Mistir yn edrych yn grac ac yn bwrw'r ddesg gyda'r cên.

'That was quite uncalled for, Denzil Parry!' Wedyn, mae'n siarad yn neis â Sam. 'Allwch chi ddweud pam mae hi'n bwysig i'r gwair fod mewn cyflwr sych cyn 'i gywen e, Sam?'

Mae Sam wedi'i ypseto. Mae'n ymysgaroedd i'n troi ac yn troi pan fo Sam wedi'i ypseto.

'Os bydd y gwair yn ddamp, syr, mae'r das yn twymo, ac mi eith ar dân . . .'

Mae llaw Denzil Parry yn saethu lan. Dyw e ddim yn chwerthin nawr. 'Ro'dd Mam yn dweud, syr, fod hi'n ddiwedd byd ar fobol bach pan eith 'u gwair nhw ar dân. Allan nhw ddim fforddio prynu gwair yn y gaea achos mae e mor ddrud, ac mae nhw'n gorffod gwerthu'r unig fuwch sy gyda nhw. Pobol fach yw tad a mam Sam, nid ffarmers run peth â ni a Ca'-glas . . . a Ynyscarw . . .' Mae Denzil eisiau dod nôl i ffafar gyda Mistir, ond mae Mistir yn codi o'i ddesg.

'Ie . . . wel . . . mi gewn ni dipyn o ganu nawr.'

Mae pawb yn gwneud cylch o amgylch y piano. Mae Mistir yn dechrau canu'r offeryn, gan daflu'i ben nôl ar y nodau cynta, a dod ag e lawr wedyn ar ôl 'bennu chwarae'r lein. Rŷn ni'n canu 'Do you ken John Pil', 'Awelsochadwaenochidoli' a 'Ye banks an' braes o' boni dŵn.' Wedyn rŷn ni'n cau'n llygaid a dweud Ein Tad. Mae Mistir yn dweud wrthom ni am ffurfio lein a mynd ma's yn ddistaw. Fi yw'r ola yn y lein, ac mae Luned Ynys-cyw y tu bla'n i fi. Mae hi'n gwisgo belt goch, ac rwy wedi bod eisiau gwybod ers tro beth yw lliw tu mewn y belt. Rwy'n rhoi'n llaw yn ysgafn arni a'i throi. Mae'r belt yn gynnes o dan 'yn llaw i, ac rwy'n gweld mai streips coch a du sydd ar yr ochr arall. Mi rown i lawer i gael berchen belt debyg.

Ma's yn yr iard, mae Denzil Brynbedw yn cerdded mewn cylch ac yn cymryd arno bod un o'i goesau yn fyrrach na'r llall.

'Pwy sy'n cered fel hyn, bois — dot down ancarry wan?'

Mae pawb yn chwerthin. Pawb ond Sam a fi. Mae breichiau Sam yn glòs wrth 'i ochor e, ac mae migyrnau'i ddwylo yn wynion ac yn dynn.

'Mi fyddai dy dad dithau'n cered felna pe bai fe wedi'i glwyfo yn yr hyfel!'

Rwy innau'n codi 'nghloch. 'Ac mae e'n fforti pyrsént disebyld . . . mae e'n cael wyth swllt o bensiwn yr wythnos.'

Mae Denzil yn sefyll yn ei dracs. 'Wyth swllt yr wythnos?' 'Na drueni na alle fe brynu weiarles 'te, yn lle'n poeni ni amboitu'r tywydd rownd-abowt!' Mae e'n dynwared Dad, 'O's argo'l am dywydd heddi, William Parri? Odi hi'n saff i fi dorri'r mwdwlau? Beth mae'r weiarles yn ddweud?'

'Mi laddodd Dad lot o ddynion yn yr hyfel . . .' Treio troi'r siarad ydw i, rhag ofan i'r bois fynd i ymladd ac i Sam gael y gwaetha.

Ond mae Blodi, chwaer Denzil, yn agor 'i cheg. ''Na ti 'to, Esther Cnwcyrhedydd — ti â dy hen seiens, yn bragan fel arfer! Dim ond hen bilsen fach wyt ti, cofia!'

Mae drws y portsh yn agor a Mistir yn dod ma's. Mae'n dweud wrth Sam am fynd adre ar unwaith ond fod arno fe eisiau gair â Denzil. Mae Sam yn dechrau rhedeg ac mae wedi cyrraedd top Rhiw Forgan erbyn i fi adael yr iard.

Rwy'n dechrau cerdded adre gyda Trefor Brynreglwys. Mae hwnnw'n fy hwpo i o un ochor y clawdd i'r llall.

'Licet ti whare trên, Trefor?' Rwy'n gwybod sut i ddod ag e i hwyl. Rwy'n cydio yn y bag sy'n hongian ar 'i gefen â'm dwy law. Mae yntau'n dechrau codi spîd wrth droi'i freichiau'n slo-bach, a wedyn bant â ni.

Mae stesion ar dop Rhiw Forgan, ac mae'r trên yn arafu. Mae Trefor yn agor ei fag tocyn ac yn tynnu dau bishyn o fara menyn ma's o fag papur seimllyd. Mae cig mochyn rhwng y ddwy sleisen. 'Byt hwn, Esther.' Fentra i ddim gwr-thod. Rwy'n treio anghofio bod lot o gig gwyn ar y cig mochyn.

Mae'n bryd i'r trên adael y stesion a, 'mhen chwinciad, rŷn ni wedi cyrraedd Brynreglwys. Mae mam Trefor tu fa's i'r tŷ. Y peth cynta mae hi'n wneud yw agor y bag tocyn.

'Da 'machgen i! Wedi byta dy docyn i gyd heddi!'

Rwy'n cyrraedd yr hewl fowr ac yn mynd heibio i Blue Belle a lawr nes cyrraedd Troed-y-bryn, lle mae'r nant yn dechrau rhedeg gydag ymyl yr hewl. Mae tameidiau o'r retsho yn sticio wrth y blodau sy'n tyfu ym môn y clawdd. Rwy'n gwneud cwpan o'm dwy law a chodi dŵr o'r nant er mwyn ceisio golchi menyg Mair.

Yn y tŷ mae Griffith John yn eistedd ar 'i bot. Mae'n ddryfyls i gyd, ond mae'n 'mestyn 'i freichiau ata i. Mae Sam yn siarad â Mam. Mae hi'n edrych yn gonsyrnol, wedyn mae'n dweud wrth Sam am fynd i'r sied i bwmpo'i beic hi.

Drannoeth, pan ddaw Sam a fi adre o'r ysgol, mae weiarles yn tŷ ni — Mang-gu wedi'i phrynu hi, a llawer o bethau eraill gyda hi, yn ocsiwn Mr. Meade am hanner coron. Mae batri gwlyb a batri sych yn sownd wrthi.

Mae Sam yn troi'r weiarles mla'n ac rŷn ni'n clywed Henry Hall a'i fand.

★   ★   ★   ★

Mae Ta-cu'n dost. Mi ddaeth Dan Station View i helpu Wncwl Tom i'w gario fe lawr i'r parlwr. Mae Mrs. Jones Half-Way wedi rhoi benthyg gwely sengl i Mang-gu. Troed Ta-cu sy'n dost a bob hyn a hyn mae Doctor Jones yn galw i dorri'r croen marw bant o fys mawr ei droed e.

Rown i'n digwydd bod yn y tŷ y tro cyntaf y galwodd y doctor, cyn iddyn nhw ddod â Ta-cu lawr o'r lofft. Roedd Ta-cu yn gweiddi dros y lle, 'O peidiwch, Doctor! Rych chi'n gwneud dolur mawr i fi!' Mi redais i ma's o'r tŷ, i lawr llwybyr yr ardd, heibio i'r tŷ bach a thwlc y mochyn a thros y relwe i'r cae. Byth oddi ar hynny, rwy'n gofalu mynd ma's o'r tŷ cyn gynted ag y gwela i Doctor Jones, gyda'i fag du, yn rowndio tro Stafell Wen.

Mae e wedi bod yn gorwedd yn y parlwr ers hydoedd erbyn hyn. Mi fydd pobol yn dod i'w weld e ac yn rhoi orenjus iddo fe. Ar ôl i'r fisitors fynd rwy'n mynd mewn i'r parlwr. Rwy'n siarad â Ta-cu am chydig bach ac wedyn mae e'n dweud, 'Mi alli di gymryd orenjyn os mynni di.' Rwy'n cymryd orenjyn, yn dod ma's i'r gegin ar unwaith i'w bilo fe a'i fyta fe.

★   ★   ★   ★

Rwy'n eistedd ar y garreg ar y clos. Mis Awst yw hi ac rwy'n dyheu am i'r cnau aeddfedu. Mae Griffith John yn eistedd wrth y drws agored, yn chwarae â'i injan. Mae Mam yn eistedd ar stôl fach tu fa's i'r hen dŷ yn godro, ei thalcen yn pwyso yn erbyn ystlys y fuwch. Mae sŵn utgyrn meinion y ffrydiau llaeth yn taro yn erbyn ochrau'r bwced sydd ar oledd rhwng ei phen-liniau. Rwy'n torri'r cnau anaeddfed rhwng fy nannedd ac yn bwyta'r cnewyllynnau meddal. Mae seiniau meinion yr utgyrn yn troi'n ddad-wrdd drymiau wrth i'r bwced godro lenwi. Mae car Mr. Thomas y pregethwr yn dod lan y llwybr ac yn aros ar y clos. Mae dadwrdd y drymiau'n peidio. Mae Mam yn codi'i phen. Mae Mr. Thomas yn gadael y car, yn slamio'r drws ynghau ac yn dweud, 'Mae e wedi mynd.'

Dyw Mam ddim yn dweud gair. Mae'n troi nôl at y fuwch. Mae'r dadwrdd yn ailddechrau ac yn para am funud neu ddwy. Yna mae'n codi, yn symud y stôl odro ac yn gollwng y fuwch drwy roi ergyd ysgafn iddi ar ran ôl ei chefn.

'Mi arosa i nes ych bod chi'n barod, ac mi ewn i lawr yn y car.' Mae Mam yn amneidio'i phen.

Rai munudau'n ddiweddarach, rwy'n cael fy hun yn y llaethdy tywyll yn troi'r separator. Rwy'n treio gwneud cylch â'm braich wrth droi. Mae hyn yn drafferthus, ac rwy'n gorfod sefyll ar flaenau 'nhraed. Ond o'r diwedd, mae sŵn y mashîn yn newid ac mae dwy ffrwd yn dod ma's ohono fe — un o hufen a'r llall o laeth glas.

Wedyn rŷn ni i gyd yn mynd i mewn i'r Austin Sefn — Mr. Thomas, Griffith John a finnau. Dyw Dad ddim wedi dod adre o'r gwaith ac mae Sam ma's yn chwarae rywle. Mae het liain wen am ben Griffith John ac mae e wedi dreflo lawr ei grys.

Mae cegin Bwlchcerdinen yn llawn o bobol. Mae Mang-gu yn eistedd wrth danllwyth mawr o dân er bod yr haul yn tywynnu tu fa's. Mae'n dal macyn gwyn mawr o flaen ei hwyneb a dyw hi ddim yn ei symud e heblaw i ddweud rhywbeth. Mae hi'n dweud rhywbeth yn eitha amal.

'Druan ag e, y dyn mwya addfwyn gwrddech chi mewn taith dwarnod.'

'Fuodd erio'd elfen i ddod mlân yndo fe na dod uwch tro'd na sawdl . . . dim ond i hala'r dydd yn nos . . .'

Weithiau mae Wncwl Tom yn rhoi'i big i mewn. 'Ddysgodd e erio'd i ddarllen, ond ro'dd e wastad yn deall wrth y Welsh Gazette pryd o'dd y cŵn hela'n cwrdd . . .' Mae pobl yn gwneud synau bach cwynfannus yn eu gyddfau.

Mae Wncwl Charles yn achwyn ei gylla ac mae Mam yn dweud wrth rywun am roi llond llwy de o frandi mewn dŵr twym a siwgr iddo fe. Toc mae Dad yn cyrraedd. Mae yn ei ddillad gwaith, â'i fag tocyn yn groes i'w ysgwyddau. Wedyn mae Sam yn cyrraedd â golwg fel pe bai fe wedi bod yn dringo coed arno fe. Mae Mang-gu yn symud y macyn poced o'i hwyneb wrth i Sam ddod i eistedd ar y stôl fach wrth ei thraed. 'Wyddet ti fod dy-dad wedi marw?' Dyna beth fydd hi'n galw Ta-cu wrthon ni bob amser.

Rŷn ni'n mynd i weld y corff yn y parlwr. Mae Ta-cu yn gorwedd ar styllen ar gadeiriau nes i'r coffin ddod yn barod, ac mae Mrs. Jones Half-Way newydd 'bennu ei droi e heibio. Mae llygaid Ta-cu ar gau ac mae'n gwisgo amwisg. Mae e'n edrych fel pe bai fe wedi cael ei wneud ma's o wêr. 'Rhowch eich dwylo ar ei dalcen e, blant.' Mae Mang-gu yn cydio yn nwylo Sam a fi yn ein tro ac yn eu rhoi ar dalcen Ta-cu. Rwy'n trïo tynnu fy llaw o'i hun hi ond mae'n mynnu'i ffordd. 'Dyna chi! Fydd dim hireth arnoch chi nawr!'

'Druan ag e! Ro'dd hi'n ffein iddo fe ga'l mynd!'

'Mi ga'th e gystudd hir . . .'

'Fydde neb yn dymuno iddo fe ga'l byw fel hyn . . .'

Mae pawb yn gwneud synau bach yn eu gydd- fau eto.

Cyn bo hir, rwy'n mynd ma's i chwarae. Mae Maud ac Edith yn sefyllian wrth y pownd. Mae'r ddwy'n garedig iawn i fi ac rwy'n teimlo'n bwysig. '. . . ac ma ffroc wen hir amdano fe . . . rhwbeth yn debyg i ffroc briodas . . .' Mae'r ddwy'n gwrando'n gegrwth. '. . . a sane gwynion tew am i dra'd e . . .'

Rwy i'n cael dewis beth i chwarae ac rwy'n dewis Siglo Penolau. Am y gweddill o'r nos, rŷn ni'n tair yn cerdded glannau'r pownd ar flaenau'n traed, fel be baem ni'n gwisgo sodlau uchel ac yn siglo'n penolau fel y gwelson ni Miss Evans Teivi Villa a Miss Tomos Titsher yn ei wneud wrth fynd i chwarae tennis.

★   ★   ★   ★

Mae Sam a fi yn Cae Dderwen yn mynd bob yn ail ar y swing sy'n hongian o'r goeden-afale- surion-bach. Dim ond ni'n dau sy gartre. Dad a Mam wedi mynd i'r angladd a rhywun wedi cymryd Griffith John am y prynhawn.

Hoff gêm Sam yw Esgus Ffeirad. Mi fydd e'n troi'i got tu ôl mla'n a chymryd arno i fod e'n gwisgo coler rownd. Mae'n boeth heddi a does dim cot amdano fe. Mae e'n mynd drwy'r Bryn-hawnol Weddi, gan lafarganu fel y bydd Canon Jeffreys yn ei wneud bob Nos Sul. Mae llawer o bobol wedi bod yn galw yn Bwlchcerdinen — yn mynd a dod gan ysgwyd 'u pennau a chwyno'n ddistaw. Yng Nghnwcyrhedydd mae Mam wedi bod yn dawedog ond mi ddois i ar 'i thraws hi unwaith yn ffitio Vanity Vest o dan ei blows ddu newydd wrth y drych sbotiog sy'n hongian yng nghornel y gegin. Mae hyn yn mynd drwy'n meddwl i nawr wrth eistedd ar y swing, fy nghoesau'n llipa o'm blaen, a'm pen tua'r ddaear. Mae bocs tun du â rhosus pinc arno fe yn hongian ar y wal wrth ochor y drych, a chrib a brwsh ynddo fe. Rwy'n cofio'r llewych sydyn a ddaeth i'w hwyneb wrth iddi ymestyn am y brwsh i dacluso'i gwallt cyn edmygu'i hunan yn slei bach yn y drych.

Gan fod 'y nghoesau i'n llipa, dim ond mymryn o symud sydd yn y swing. Rwy'n cadw 'mhen lawr a'm llygaid ar y ddaear. Mae lluniau'n dod o flaen 'yn llygaid i — llun Ta-cu yn 'i drowsus rib golau yn cario coed tân i'r tŷ a'u rhoi yn y ffwrn fach i grasu erbyn y bore . . . llun fy hunan yn rhoi 'mysedd yn fy nghlustiau yn y gegin ond yn methu cau ma's ei lais yn begian ar y doctor i adael llonydd i fawd ei droed e . . . llun Canon Jeffreys yn dod i'r parlwr ac yn gofyn 'A beth yw stâd y baco heddi? Bron â 'bennu rwy'n gweld.'

ac yn tynnu owns o Frankleyn's Shag, fel con-
suriwr, ma's o'i boced . . . llun o Ta-cu yn 'yn
nghymryd i yn ei gôl ar ôl i fi gwympo yn y cae . . .
a llun ohono fe fel y gwelais i ef ddiwrnod cyn ei
farw, yn cysgu'n dawel pan es i mewn i'r parlwr
ar ôl i'r fisitors fynd. Ro'dd y bobol ddierth wedi
gadael tri orenjyn mawr ar y ford fach wrth ymyl
y gwely. Mae crwyn yr orenjys yn greithiog ac
rwy'n gwybod eu bod nhw'n llawn sudd. Rwy'n
aros am hydoedd yn disgwyl i Ta-cu ddihuno,
ond para i gysgu mae e . . .

Braidd symud y mae'r swing. Rwy'n llafar-
ganu gyda'r Ffeirad:

Arglwydd, trugarha wrthym.

Crist, trugarha wrthym.

Arglwydd, trugarha wrthym.

Mae Sam yn fy hwpo i o'r swing. 'Cer o'r ffordd,
rwy'n dod lan i'r pwlpud nawr!' Mae'n sefyll ar
ei draed ar styllen y swing. Rwy innau'n aros ar
fy nhraed nes iddo fe orffen Yn enw'r tad a'r mab
a'r ysbryd glân Amen. Mae'r Ffeirad yn dechrau
ar ei bregeth.

'Daear i'r ddaear, lludw i'r lludw, pridd i'r
pridd . . . O bridd rŷn ni i gyd wedi'n gneud —
pridd y ddaear. Maen nhw wedi bod yn hau tato
yndot ti, Esther fach, cyn heddi . . .'

Dyw'r bregeth ddim yn newydd. Mi fydd Sam
yn 'i hadrodd hi'n amal pan fydd hi'n tynnu at
amser gwely ac yntau eisiau aros ar lawr. Mae
Mam yn chwerthin bob amser pan fydd e'n sôn
am hau tato ynddo i. Mae fel pe bai hi'n falch bod
Sam yn gwneud sbort am fy mhen i. Rwy'n

cydio yn un o'r 'falau surion bach ac yn suddo 'nannedd ynddo fe. Mae'r surni yn gwneud i'm holl gorff i dynnu ato. Rown i'n gwybod y byddai'r afal yn sur — wn i ddim pan y cymrais i hansh ohono fe.

Mae'r Ffeirad wedi 'bennu'i bregeth ac mae'n neidio i lawr o'r pulpud.

Mae John Ffos-goi yn ymddangos rownd y tro, ar yr hewl fawr, fel brân ddu. Clymau bach o bobol yn ei ddilyn e. Coesau bandi Ianto Werndriw yn ei hala fe i gerdded igam ogam, fel cleren feddw.

'Maen nhw'n dod adre o'r angladd!' meddai Sam, gan roi hwp i fi am ddim byd.

Rwy'n mynd at 'y nosbarth o ddanadl poethion y tu ôl i gwb yr ŵydd. 'Rwy'n clywed bod rhai ohonoch chi blant wedi bod yn dwgyd orenjys!'

Rwy'n cymryd pastwn ac yn wado ac yn lamio'r holl ddosbarth yn ddidrugaredd.

★　　　★　　　★　　　★

Rŷn ni'n dod adre o'r Ysgol Sul — Sam, Owi Sâr a fi. Mae Owi Sâr yn byw yr ochr arall i'r hewl o Cnwcyrhedydd. Mae e dipyn yn hŷn na Sam ac mae e'n neis iawn i fi — byth yn 'y mwrw i fel y bydd Sam yn ei wneud weithiau. Fe fydd yn cydio yn 'yn llaw i ac yn 'y nhynnu i'n glòs i'r clawdd pan fydd moto'n digwydd mynd heibio.

Mae moto newydd fynd heibio nawr ac mae Owi newydd adael 'i afael ar 'yn llaw i.

'Ach! Hen Fford!' mae Owi'n gweiddi ar ôl y moto. Ffodd-d mae e'n ddweud mewn gwirionedd achos bod tafod dew gydag e. Mae Sam yn galw 'Dim ond baged o dun!' Wrth gwrs, dyw Ifans Pantsticil, sy'n dreifio'r moto, ddim yn eu clywed nhw, neu fydden nhw ddim yn gwneud y fath beth.

Ond tra bôn nhw'n gweiddi a sbortian a gwneud clemau ar ôl y moto, ymhell ar ôl iddo fe rowndo tro Stafell Wen, mae Wil Bach Martha Wil Rhacs yn dod lan yn slei bach y tu ôl i mi ac yn cydio yn 'yn llaw i. Cyn mod i'n deall beth sy'n digwydd rwy'n sefyll ym mhasej tŷ Wil yn y teras ac mae'r drws wedi cau glep tu ôl i fi. Mae mam Wil yn sefyll yn y pasej.

'Wel, dyna ti wedi dod â dy whâr fach nôl o'r diwedd...da 'machgen i Wil! Dere 'ma, Blodwen fach, dere at Mami!' Mae'n plygu a 'nghodi i i'w breichiau ac yn fy ngwasgu ati. Mae smel sebon carbolic ar 'i gwddwg hi. Rwy eisiau dweud wrthi nad Blodwen yw'n enw i ac mai yn Cnwc-yrhedydd mae Mam yn byw, ond mae 'ngheg i reit lan yn erbyn top brest Martha ac mae'n anodd i fi anadlu. Rwy'n teimlo dagrau poeth yn disgyn ar 'y ngruddiau i. Nid 'yn nagrau i ydyn nhw.

O'r diwedd mae Martha yn mynd i eistedd ar y sgiw wrth y tân ond dyw hi ddim yn 'y ngadael i o'i gafael. Mae'n 'y nghadw i yn ei chôl. Mae ofan Martha arna i. Pan fydd hi'n dod i hôl dŵr o Bwlchcerdinen, mi fydd hi'n siarad â hi'i hunan drwy'r amser y bydd hi'n pwmpo, ac anamal iawn y bydd Mang-gu yn mynd ma's i gloncan â hi. Fel arfer mae'n gwisgo'i gwallt yn fynnen ar dop ei phen ac mae'i llygaid hi'n fflachio. Mae'i herpins hi wedi mynd ar goll nawr a'i gwallt yn hongian amboitu 'i hysgwyddau hi ac mae'i llygaid hi'n fflachio o hyd. Mae'n grwnan wrth 'yn siglo i nôl a mla'n. 'Blodwen fach wedi dod nôl at Mam o'r diwedd — fydd hi byth byth yn gadael Mam a Wil 'to!'

Mae Wil yn dod ac yn aros yn ymyl ei fam. 'Dyma ni'n deulu bach cyfan unwaith eto, ontefe Wil?' Mae yntau'n pwyso yn erbyn ei fam gan roi un fraich rownd ei hysgwydd hi ac edrych yn annwyl iawn lawr arna i.

Mae e fel pe bai fe wedi anghofio mai Esther Cnwcyrhedydd ydw i, ac mai chwaer Sam ydw i, nid ei chwaer e, a bod brawd bach gyda fi o'r enw Griffith John. Dyw e ddim yn cofio chwaith ei fod e wedi dod lan i chwarae i Gnwcyrhedydd unwaith ac yn sydyn, reit ynghanol y chwarae, wedi cymryd slaten a bwrw Sam ar ei ben â hi nes bod hwnnw'n gwaedu fel mochyn.

'A nawr mae'n bryd i Blodwen fach fynd i'r gwely. 'Mestyn i gŵn-nos bach hi o gwpwrdd y dreser, Wil.'

Dwy ddim yn lico bod Martha yn 'yn matryd i o flaen Wil. Dwy ddim yn lico meddwl mod i'n mynd i'r gwely o gwbwl fel hyn, mewn tŷ dierth. Ond rwy'n cofio fel y bwrodd Wil Sam ni â'r slaten mor ddisymwth, ac am ddim byd, ac mae'r olwg wyllt yn para i fod yn llygaid Martha. Mae Martha yn 'yn matryd i at 'yn fest, gan blygu'n liberti bodis i'n ofalus a'i hongian ar ddrws y ffwrn. Mae'r gŵn nos calico yn stiff o startsh ac yn oer iawn. Mae hefyd dipyn yn fach i fi.

Wedyn mae Martha yn 'yn nghario i lan i'r llofft, a Wil yn ei dilyn hi. Mae'r steiriau wedi'u sgwrio'n wynion ac mae traed y ddau yn cadw sŵn mawr wrth 'u troedio nhw.

Mae'r stafell yn ddistaw iawn ac yn oer. Mae Martha yn tynnu'r carthenni nôl ac yn 'yn rhoi i orwedd ar y gwely. Wedyn mae'n mynd i gwp-wrdd y leimpres ac yn tynnu doli glwt ma's. 'Dyma ti Doli! Blodwen wedi dod nôl aton ni, wel' di!' Mae'r ddoli'n gynnes. Rwy'n falch ohoni achos, er bod y garthen yn arw yn erbyn 'y nghoesau i, mae'n teimlo'n ddamp ac yn oer iawn iawn. Rwy'n cofio amdana i'n gorfod cy-ffwrdd â thalcen Ta-cu yn y coffin ac mor oer oedd hwnnw. Mae'r gwely yma'n oer hefyd. Gwelyau mawr, cynnes sydd yn Cnwcyrhedydd ac ym Mwlchcerdinen. Mae'r drws yn cau clep ar ôl Martha a Wil. Mae dolen y drws yn uchel iawn.

Mae Martha'n dechrau canu 'Deio Bach' ar dop ei llais yn y rŵm otana i. Rwy'n gorwedd yn llonydd ac mae'r stafell yn graddol dywyllu. Wedyn rwy'n clywed lot o leisiau, a thraed ar y stâr.

Braidd rwy'n nabod Ifans Polîs yn nillad ei hunan, ond rwy'n nabod Dad ar unwaith. Mae'n 'y nghodi i o'r gwely ac rwy'n clywed ei foch e'n arw yn erbyn 'y ngwyneb i.

Ym Mwlchcerdinen mae Mang-gu yn gwneud bara dŵr i fi. Mae'n dal bara ar fforch hir o flaen y tân, ac mae'n difrïo fel y giwga. 'Ddyle menyw felna ddim bod â'i phen yn rhydd, na'r crwt Wil na chwaith.' Mae'n torri'r tost yn bishis bach mewn basn, yn arllwys dŵr berwedig arno fe ac yn rhoi talpyn o fenyn yn y dŵr. Wedyn, mae'n rhoi siwgr brown yn y basn. Yn ola mae'n hôl y grater nytmeg ac yn grato nytmeg ar ben y cwbwl. 'A beth oedd hi'n geisio gyda'r plentyn-crwn? Dyna beth licen i wybod!' Mae'n rhoi'r bara dŵr o 'mlaen i. Mae'n ffein dros ben.

Mae Mam yn eistedd gyferbyn â fi. Dyw hi ddim wedi siarad llawer â fi, dim ond siarad amdana i.

'Ond dyna, beth rwy'n siarad!' Mae Mang-gu'n tostio ail bishyn o fara er mwyn gwneud bara dŵr i Sam. 'Faint sydd oddi ar i'r crwt Wil 'na fynd â Blodwen fach yn strêt i Bwll y Watsh?' Mae llais Mang-gu'n tawelu ac yn tyneru. 'Saith mlynedd siŵr o fod . . . a doedd hi ddim mor hyned ag Esther—ddim mwy na pheder, rwy'n siŵr.'

'Tynnu tato yn Bla'n-ffos o'dd Martha, ontefe? Ac wedi gadael Wil bach i edrych ar ôl Blodwen?' Mam sy'n siarad.

'Ie, druan . . . o'dd dim llawer o ddewis gyda hi. Fuodd hi erio'd yn briod, ond mi achubodd digon o rai fantes arni! Plentyn ordderch o'dd hi'i hunan hefyd, mynte nhw . . . a rhyw smala fuodd hi erio'd.'

Mae Sam yn rhoi'i big mewn. 'Mae Martha'n danso ma's ar yr hewl yn 'i fest a'i nicers weith-iau — dyna beth mae'r bois yn weud.'

Mae Mang-gu'n ochneidio. 'Ar ôl i Blodwen fach foddi yr aeth hi'n holics.'

Mae Dad yn dod i mewn. 'Dyma gardigan Esther — wedi aros ar ôl yn nhŷ Martha. Mi wedodd Ifans Polîs wrtho i am ddod â hi.'

'Shwd ma' pethe 'na nawr Tomos?' Mae Mang-gu'n arllwys cwpaned o de iddo fe.

'O, mae Martha'n bell iawn! Rhedeg i'r drws o hyd i ddisgwyl Blodwen fach nôl . . . mae wedi angofio beth ddigwyddodd iddi, a'i bod wedi'i chladdu . . .'

'Dyn help!' Mae ennyd o ddistawrwydd, wedyn mae Mang-gu yn ailddechrau difrïo. 'Ar y crwt andras 'na mae'r bai — ise stwythad sy arno fe!' A mynte Dad, 'Mi geith e stwythad yn gloi iawn, lle mae e'n mynd . . .'

Mae Mang-gu'n tawelu. 'Mi fyddan nhw'n mynd ag e y tro 'ma, te . . . i Pant-ffos?' Mae Dad yn nodio'i ben.

'Wel, allwch chi ddim gadael i grwt fel'na fynd yn rhydd . . .'

'Na allwch, sbo . . . gwnân, mi stwythan nhw fe yn Pant-ffos.' Mae Dad yn sefyll ar 'i draed.

'Nawr te, Mari, mae'n bryd i ni fynd. Dere, Esther, a thithau Sam!'

'Ond ewch chi ddim ag Esther fach o 'ma heno — ddim ar ôl be sy wedi digwydd . . .'

'Gartre mae'i lle hi! Mae eglwys Pentrecagal o fewn golwg y tŷ—wn i ddim pwy ise dod ffor' hyn i fynd i'r Ysgol Sul sy . . .' Rwy i a Sam yn codi.

'Wel, a bod eglwys mor agos, garw byth na alle chi Tomos folchyd a siafo a mynd yno ambell i Ddy' Sul, yn lle iste lawr drwy'r dydd yn darllen y News o' the World!'

Mae ceg Dad yn fwa tyn. Dyw Mam ddim yn dweud run gair.

Mae'n dechrau tywyllu wrth i ni adael Bwlch-cerdinen. Rwy'n cael cocyn-coch ar ysgwyddau Dad ac rwy'n gweld y sêr yn dod ma's. Mae Mam yn pwsho Griffith John a Sam yn cydio yn 'i braich hi. Mae Sam a fi a Griffith John yn mynd i'r gwely ar unwaith.

Mae'r lleisiau'n codi i'r llofft.

'Gartre mae lle'r plentyn, nid i gadw cwmni i hen wraig, tra bo'ch brawd ma's . . .'

'Rych chi'n barod iawn i dderbyn unrhyw help o Bwlchcerdinen pan fo'i angen e, ta beth!' Mae digon i'w ddweud gyda Mam nawr.

Mae whwthwm o wynt yn dod i hysan y gwiail yng nghlawdd yr ardd i glatsho'i gilydd.

Rwy'n seco mysedd yn 'y nghlustiau.

Drannoeth, pan af i lawr i Fwlchcerdinen, mae'r hanes i gyd gyda Mang-gu.

'Mi ddaeth Dr. Jones a Mr. Williams y Relieving Officer ac Ifans Polîs i'r tŷ ac mi awd â Martha lawr i Ga'rfyrdding i'r seilam. Ro'dd hi'n begian am gael aros, hefyd, meddai Sara Gilwern, ac mi gafodd Dai Sunny Bank ffwdan i'w cha'l hi i'r moto. "Shwt alli di neud hyn â fi, Dai," mynte hi wrtho, "a finne wedi magu cyment ohonot ti'n blentyn?'' Ro'dd hi'n eitha synhwyrol erbyn hyn, wel'di, ond mynd fuodd raid iddi.'

'Aeth Wil gyda hi, Mang-gu?'

'Na . . . i Pant-ffos aethon nhw â Wil . . . gweud wrtho fo mai dim ond am 'chydig ddyddiau y bydde fe oddi wrth 'i fam . . . roedd e'n cicio ac yn stranco hefyd . . . Druan o Wil . . . mi stwythan nhw fe yn Pant-ffos . . .'

Mi fu Mang-gu yn ddywedwst am amser hir.

★   ★   ★   ★

Wrth fynd heibio i dŷ Martha Wil Rhacs ar neges i Mang-gu, rwy'n edrych ar y drws caeëdig. Rwy'n dychmygu'r lle tân difywyd a'r gwely bach cul, oer, lle bues i'n gorwedd. Rwy'n meddwl am y gwŷr côr fydd yn casglu ar y ffenestri gloyw, a'r dwst fydd yn hel ar lestri'r dreser.

Pan fydd Sam yn teimlo'n ddiflas ynghylch rhywbeth, mi fydd e'n eistedd ar y stâr ac yn edrych drwy'i gardiau sigarets. Pan fydda i'n teimlo'n ddiflas, rwy innau'n edrych ar luniau, ond â llygaid 'y meddwl y bydda i'n 'u gweld. Ac nid 'u gweld nhw chwaith, yn gymaint â'u teimlo nhw.

Llun cyfarwydd yw'r un rwy'n ei deimlo'n awr — amdana i'n dihuno ryw fore ym Mwlch-cerdinen. Mae'r bleins melyn heb eu codi, ond mae'r stafell i gyd wedi'i goleuo — y leimpres, cwilt y gwely, llun Ta-cu mewn ffrâm ffretwyrc ar y mamplis a'r adnod 'Stand fast in the Faith' sy'n hongian ar y pared. Mae'r blodau piws sydd o amgylch y geiriau fel pe baen nhw'n dawnsio yn y golau.

Ac rwy'n gwybod bod rhywun yn y nos wedi bod yn 'yn magu i, a'n hwian i ac yn 'y nghysuro i, ond alla i ddim dweud pwy.

Rwy'n cofio wedyn amdana i'n gorwedd yng nghôl Mang-gu ar ôl dod nôl dros bont yr enfys, pan lyncais i *liniment* y *foot-rot,* ac amdana i hefyd yn gorwedd yng nghôl Martha Wil Rhacs. Does dim ofan Martha arna i nawr. Mae'i hwyneb hi wedi newid, yr olwg wyllt wedi diflannu o'i llygaid hi, ac mae'n edrych arna i fel pe bai hi'n 'y ngharu i'n fawr iawn. Martha Wil Rhacs yw hi, a hefyd nid Martha Wil Rhacs yw hi. Mae'i breichiau hi'n gadarn amdana i . . .

Mae Mang-gu fel y penci pan af i nôl. 'A ble buost ti c'yd, yn oeri dy gawl, y breuddwyd bach?' Rwy'n rhoi'r batsh lôff ar y ford ac yn mynd i 'mhoced am y newid. Ond dim ond dime sy gyda fi.

'Mi rois i bishyn whech i ti, ac mi ddylai fod tair a dime o newid!' Mae'n mynd drwy 'mhocedi i. 'Wyt ti'n siŵr dy fod di wedi codi'r newid i gyd o'r cownter?'

Does gyda fi ddim cof, ond feiddia i ddim dweud hynny wrth Mang-gu.

'Mae rhaid i ti fod fwy o gwmpas dy bethau na hyn! Cer nôl a gofyn i Miss Jones a gest ti'r newid gyda hi!'

Mae gen i frith gof nawr i fi roi'r newid yn 'y mhoced.

Ond mae 'mhocedi i'n gyfain.

'Dwyt ti ddim wedi cafflo'r newid, wyt ti?'

Lawer gwaith, pan fo mwy nag un neges gyda fi yn y Cop rwy wedi gofyn am werth dime o fiscits-wedi-torri i John Morgan. Mi fydd e'n gwenu arna i wrth fynd at y rhes o duniau lle maen nhw'n cadw'r biscits, ac yn agor y tun lle mae'r catiau — y rhai sydd wedi torri yn y tuniau eraill. Ac mi fydd e'n rhoi baged mawr o'r catiau o 'mlaen i ar y cownter sinc.

Wedyn, wrth fynd heibio i Siop Dot, mae fel pe bai rhywun neu rywbeth yn 'y ngwthio i mewn drwy'r drws, heibio i'r ddau neu dri fydd yno bob amser yn eistedd o amgylch y stôf, a gofyn am ddau ribin hir o sbani. Mae rheini hefyd yn costi dime.

Ond un diwrnod mi aeth Mang-gu'n fanwl drwy'r negeseuon, ac mi fu'n rhaid i fi roi cyfrif o bob dime. Welais i mohoni erioed mor grac, a dwy byth *byth* yn mynd i wneud peth fel'na eto.

'Mi hala i hôl Ifans Polîs! Alla i ddim cael lladrones fach yn y tŷ!' Ac mi fyddai Ifans Polîs yn siŵr o roi hancyffs am 'y ngarddynau i a mynd â fi i Pant-ffos, lle mae Wil Martha Rhacs, i fi gael 'yn stwytho.

A dyma fi'n meddwl am y troeon y cwates i'r biscits o dan 'y nghot, a'r sbani yng nghoes 'y nicers a mynd i eistedd ar sêt y tŷ bach yng ngwaelod yr ardd i fwynhau'r sglyfaeth. Mi allwn i glywed y trên yn shynto tu fa's a meddwl, waeth beth a glywais i yn 'Rysgol Sul, fod Duw wedi golygu i fi gael y biscits a'r sbani, neu fyddai fe byth wedi gwneud iddyn nhw flasu mor ffein.

Nawr, rwy'n ysgwyd 'y mhen, ond mae Mang-gu yn edrych yn amheus arna i. 'Wel, mi ddaw popeth i'r glawr os na fydd lleidir! Edrych yn ofalus ar yr hewl wrth fynd nôl i'r siop.'

Ond, er i fi edrych yn ofalus ar yr hewl ac ym môn y clawdd, wela i ddim o'r arian. Mae ofan, fel rhyw frân ddu, yn hofran drosto i. Rwy'n gweld Ifans Polîs yn rhoi'r hancyffs am 'y ngar-ddynau i. Reit wrth ymyl y sgwâr mae trans-fformer sy'n rhoi letric leit i'r pentre, ac mae hwnnw'n dweud, mewn llais dwfwn, 'Rhaid 'i stwytho hi — Rhaid 'i stwytho hi . . .'

Mae'r siop yn llawn. Rwy'n edrych lan ar Meri Lisi. Hi serfodd fi. 'Na, mi rois i bishyn tair, a dime'n newid i chi, Esther!' Mae pawb yn troi i rythu arna i. 'Rhaid ych bod chi wedi'i golli fe ar y ffordd adre!' Rwy'n teimlo'r dagrau'n pigo y tu ôl i'm llygaid i. Mae Miss Jones yn ymddangos o rywle.

'Mi godes i bishyn tair, gynnau fach, o dan y mat ryber.'

Menyw sarrug yr olwg arni yw Miss Jones, a fydda i byth yn lico iddi hi'n serfo i. Mae gwallt gwyn gyda hi, wedi'i dynnu nôl yn dynn dros 'i chlustiau. Dyw hi ddim yn lico plant, a welais i mohoni'n gwenu yn 'y myw.

Wn i ddim a yw hi'n gwenu nawr, wrth roi'r pishyn tair yn 'y nwrn i achos, wrth edrych lan arni, alla i ddim gweld dim byd y tu fa's i gwmpas ei llygaid. Mae fel pe bai pob dim yn dechrau ac yn diweddu ynddyn nhw. Dyma'r llygaid rhyf-eddaf a welais i erioed . . . bron.

'Hy! Peth od bod y creadur lartsh 'na wedi cyfadde iddi godi'r pishyn tair!' mynte Mang-gu. 'Does gyda fi gynnig i'r fenyw! Mae'n edrych arna i bob amser fel pe bawn i'n gofyn garrau o groen 'i thin hi!'

★　　　★　　　★　　　★

Rwy'n dihuno i sŵn clip-clop ceffylau'n mynd heibio i'r ffenest. Gorwedd am ennyd fach i sawru'r diwrnod cyn neidio o'r gwely. Dych-mygu'r ceffylau'n symud, cynffon blethedig pob un yn lliwgar gan rubanau. Gwasgu'r diwr-nod at 'yn hunan am foment. Heddiw yw Tach-wedd y Cyntaf, Dydd Gŵyl yr Holl Saint. Diwr-nod Ffair San Tesau.

Llowcio'r uwd lympiog, anwybyddu bwa croesawgar y gath. Maen nhw wedi dechrau cnoco ar y drws eisoes, y gweision ffermydd.

'Ga i adel 'y meic 'ma?'

Dilyn Mang-gu i'r libart wrth ochor y tŷ.

'Faint sy arna i i chi?'

'Dim . . . wel rhowch rywbeth i'r plentyn 'ma, te . . .'

Rhoi'r ddwy geiniog ym mhoced 'yn nicers nefi-blw, yn barod i'w symud yn ddiweddarach, gyda llu o geiniogau eraill, gobeithio, i'r pwrs sy gyda fi yn y parlwr. Pwrs sy'n cynnwys Suliau o geiniogau a ddylai fod wedi mynd i'r plat casgliad yn yr eglwys, ynghyd ag ambell bishyn tair a ges gan rywun mwy hael na'i gilydd.

Galw am Edith ac wedyn am Maud. Fel arfer mi fyddwn ni'n tynnu plet a mynd dros y sticil ac yn groes i'r relwe i fynd i'r pentre. Ond heddiw, rhaid sawru'r ffair yn ei holl ogoniant. Mae dwy sgwâr i'r pentre — y Sgwâr Gwaelod a'r Sgwâr Top.

Sgwâr digon sidêt yw'r Sgwâr Top. Yno mae arosfa'r bỳs i Gaerfyrddin, a'r unig dafarn o'r saith sydd yn y pentre a'r gair *hotel* uwchben 'i ddrws.

Ar y Sgwâr Gwaelod mae Siop Dot, lle mae dime yn prynu dau ribin hir o licris, hefyd iard y stesion lle mae siedau bach rhydlyd y gellir ordro glo ynddyn neu fwyd i'r anifeiliaid, a lle mae warws y Cop. Heb fod ymhell o'r sgwâr hefyd mae'r mart, a digon o le ar ei gyrion i'r ceffylau bach a holl helger y ffair. Does dim yn sidêt ynglŷn â'r Sgwâr Gwaelod, er mai yn ei ben pella, yn agos i'r mart, y mae eglwys y plwy, ac mae'n drewi bob amser o wartheg, dom da a gwlân defaid. Yma hefyd y bydd y bỳs sy'n mynd i bentrefi bach y wlad yn aros. Mae hwn yn llai na'r un sy'n mynd i Gaerfyrddin o Sgwâr Top, ac er ei fod yn y diwedd yn cyrraedd Aberteifi, does neb yn mynd ymhell iawn arno. Ar Sgwâr Top, ar Nos Sadwrn, dynion tua oedran Dad sy'n ymgynnull i wylio moduron a phobl yn mynd heibio neu i lygadu'r rhai sy'n mynychu'r Lamb Hotel. Ar Sgwâr Gwaelod, bechgyn ifainc sy'n sefyll yn drẁp. Dŷn nhw ddim yn ddistaw, chwaith, ond yn gweiddi ac yn chwibanu ar ôl pobol.

Heddiw, mae hyd yn oed Sgwâr Top yn edrych yn groesawgar arnon ni, er ei fod yn brysur hefyd yn cadw llygad ar y meirch yn eu cynffonau lliwgar, ac ambell farch yn codi ar ei draed ôl a bygwth mynd yn anystywallt.

I lawr â ni i Sgwâr Gwaelod, lle mae'r Ffair yn ein haros. Mae'r stondinau yn olau gan dafodau o dân. Ond does gyda ni ddim amser, Edith, Maud na finnau, i'r rhodau gwynt, y roc a'r gemau disglair sy'n wincio arnon o tu cefen i'r diwrnod mwll. Ddim eto.

Ddoe, ar y ffordd i'r Ysgol Sul, roedden ni wedi galw yn y maes. Roedd y ceffylau bach yn llonydd, gweflau pob un ceffyl wedi'u tynnu nôl mewn gwên barhaol i ddangos dannedd paentiedig. Roedd bob yn ail geffyl yn uwch na'i gymrodyr, wedi gorfod aros felly pan ddistawodd y miwsig. Ond mae pob ceffyl yn symud lan a lawr heddiw, yn rhithmig, fel pe bai'n nofio mewn môr o fiwsig.

'Mi gymera i'r ceffyl gwyn.' Mae Edith yn llygadu un o'r ceffylau sydd ar ymyl y rowndabowt.

'A finnau'r un brown. Gwell i ti Esther fynd ar yr un â spotiau arno fe — y nesa at Edith, ar yr ochor fiwn.' Mae Maud yn llawn ffwdan. 'Os byddi di'n teimlo dy hunan yn slipo bant wedyn, mi all hi dy helpu di.'

Cyn i'r ceffylau arafu'n gyfan gwbwl, rŷn ni ar y rowndabowt, fy nwy geiniog yn llaith a phoeth yn 'y nwrn. Rwy'n teimlo'r slatiau coed yn plygu dan 'y ngwadnau, ac rwy'n pwyso ar y ceffyl, cyn ei frochgái, er mwyn cadw ar fy nhraed.

Mae dyn pryd-dywyll, seimllyd yn dod i gymryd ein ceiniogau. Mae'r miwsig yn dechrau ac i ffwrdd â ni.

Mae'r ddaear yn agor o danaf. Cyn iddi gael amser i'm llyncu, mae'n cau eto ac yn fy ngwthio i fyny. Fel y cyflyma'r miwsig, cydiaf innau'n dynnach yn y ffrwyn. Rwy'n ceisio gwneud noddfa i'm corff, ond mae'r ceffyl brych yn galed a di-ildio o danaf a'i ystlysau'n oer yn erbyn fy nghluniau. Rwy'n ceisio 'mestyn 'y nghoesau er mwyn dal i frochgái, ond mae 'nghorff yn dechrau llithro i un ochor. Yna mae'r miwsig yn dechrau arafu.

'Mi ddylet ti fod wedi mynd ar y ceffylau bach, bach, Esther!' yw geiriau cyntaf Maud wrth i ni ddisgyn o'r ceffylau. 'Mi fuest ti jest â chwympo bant y tro 'na!'

'Ie, neu ar geilog bach neu foto bach!' chwarddodd Edith. 'Rhaid i ni gofio'r tro nesa — rwyt ti'n rhy fach i fynd ar y ceffylau mowr!'

Mae arogl tsips yn gafael yn dynn yn ein ffroenau ac yn ein harwain i fan Jim Fish. Bwyta'n gwala o'r gwerth dwy geiniog cyn mynd i weld y fenyw dew. 'Tric yw'r cwbwl!' mynte Edith. 'Y gwydyr sy'n 'i hala hi i edrych yn dew — dyna mae Dad yn ddweud.'

Rhyfeddu at y wraig sy'n cael 'i llifo'n ddwy, ac at yr ebol lleia'n y byd. Y bore'n troi'n brynhawn. Rhagor o bobol yn cyrraedd y ffair, yn deuluoedd cyfain. Gwŷr a gwragedd y stondinau yn gweiddi am sylw, setiau cyfain o lestri te yn cyfnewid dwylo am y nesaf peth i ddim. Bageidiau o felysion a roc yn gwneud eu ffordd i ddwylo barus. Y gwragedd-dweud-ffortiwn yn sefyllian wrth ddrysau eu carafanau, yn breuddwydio am y ffortiwn a ddaw iddyn nhw gyda'r nos pan fydd y tywyllwch wedi erlid swildod y morynion ffermydd.

Mae'r stondinau'n cwato'r siopau a thrwst y ffair yn boddi cân pistyll y pentre. Mae'r sgwâr yn edrych yn ddierth iawn. Crwydrwn, Edith, Maud a finnau, o stondin i stondin, yn ennill ceiniogau ar y *roll-a-penny* yma a'u colli draw. Y mart lle bu'r ceffylau erbyn hyn yn wag, a'r gweision ffermydd wedi ymuno ym miri'r ffair, gan dreio'u lwc ar y stondin goconyts. Y tafodau tân yn ymwroli wrth i'r tywyllwch gau o'u cwmpas, ac yn lluchio cysgodion i bob cyfeiriad. Crochlefain y stondinwyr yn cynyddu.

Dwy geiniog yr un sydd ar ôl gan Maud a minnau, grot gan Edith. Mynd ar y siglenni. Rhaid cael dwy ar y tro ac mae Maud yn mynd yn yr un cwch ag Edith. Rwy innau'n aros â'm dwydroed yn ddiogel ar y llawr.

O'r diwedd daw'r perchennog tew i godi'r styllen i arafu'r cwch siglo, a 'nhro i nawr yw mynd yn y cwch gydag Edith. Rŷn ni'n dwy'n tynnu ar y rhaff ac, wrth fynd yn uwch ac yn uwch, rwy'n gweld y fynwent islaw yn frith o gerrig beddau. Po mwya'r tynnu, ucha i gyd yr awn, nes yn y diwedd, ar y man ucha, rwy'n

codi yn fy sedd. Rwy'n falch pan ddaw'r dyn tew
â'r styllen i arafu'r cwch.

Pob dimau goch wedi'i gwario erbyn hyn.
Llithro y tu ôl i garafan un o'r gwragedd-dweud-
ffortiwn. Maud yn treio dringo lan i edrych drwy'r
ffenest. Y wraig sipsïaidd yn ymddangos ac yn
ein cwrso. Rwy'n baglu ar droed y stondin lestri.
Honno'n simsanu a rhai o'r llestri'n dymchwel.
Maud yn bwrw penelin gwraig y stondin roc ac
mae'r danteithion, a oedd ar y ffordd o'i llaw i'r
bag, yn cwympo i'r llaid, Y stondinwyr eraill yn
gweiddi'n groch a phawb yn dechrau'n cwrso
ni. Ninnau'n rhedeg. Rhedeg, rhedeg, o Sgwâr
Gwaelod i Sgwâr Top, i fyny Rhiw Beder.

'Rhedwch ferched! Mae'r Ffair yn ein dilyn ni!'
Mae Edith ar y blaen a dyw hi ddim yn troi'i
phen wrth weiddi'r rhybudd.

Rwy wedi magu llygaid yng nghefen 'y mhen
ac rwy'n 'u gweld nhw'n dod — dyn y stondin
lestri'n arwain yr haid o stondinwyr crac eraill,
y wraig dew a dwy hanner y fenyw a lifwyd yn
ddwy, gwraig y stondin roc yn chwifio roc anferth
o'i blaen, dyn y stondin beli yn taflu o'i flaen bêl
lliw arian wedi'i gorchuddio â net amryliw, ac
yn 'i thynnu'n ôl drachefn gerfydd y lastig main
sy'n sownd wrthi, gwraig y balŵns â haid o
falŵns yn 'i dilyn ar si-goesau. Ac yn olaf, gan
weryru, yr ebol lleiaf yn y byd.

Ond dyw'r sgerbwd ddim yno — yr un y talodd
Edith, Maud a finnau dair ceiniog yr un i'w weld
yn gynharach yn y prynhawn. Aeth hwnnw i
alw ar ei gymdeithion sy'n awr yn camu'n eidd-

gar o'u beddau cegrwth a thros wal y fynwent, i ganol hyrdi-gyrdi'r ffair. Mae rhai'n marchogaeth y ceffylau bach, mae eraill, heb gnawd i lesteirio'u bysedd, yn saethu pob coconyt i lawr. Maen nhw'n cymryd morthwyl y *Try-your-strength* ac yn canu'r gloch bob tro, yn perfformio campau amhosib' ar y moto-beics ar y *wall-of-death* ac yn crechwenu wrth ddweud ffortiwn 'i gilydd yng ngharafanau gwag y sipsiwn. Ac mae gwên lydan barhaol ar wyneb pob un.

Ninnau'n rhedeg, rhedeg, nes cyrraedd noddfa'n cartrefi a suddo i'n gwelyau plu.

Mae Dydd Gŵyl yr Holl Saint, Diwrnod y Ffair, drosodd am flwyddyn arall.

★   ★   ★   ★

Mi gyrhaeddais i'r ysgol heddiw cyn i'r gloch ddibennu canu. Anaml iawn y bydda i mewn pryd i'r ysgol yn y bore waeth lle y bydda i wedi bod yn cysgu — naill ai ym Mwlchcerdinen neu yng Nghnwcyrhedydd. A dweud y gwir, er bod Bwlchcerdinen mewn pentre arall, rwy'n cael mwy o amser i loetran pan fydda i'n cysgu yno na phan fydda i yng Nghnwcyrhedydd. Rwy'n gorfod cerdded i'r ysgol o 'nghartre reit i, ond mae'r bỳs sy'n dod â fi o dŷ Mang-gu yn fy rhoi i lawr wrth ymyl y Blue Belle. Rwy'n croesi'r hewl-fowr wedyn ac yn mynd lan ar hyd yr hewl-fach sy'n arwain dros Rhiw Forgan i'r ysgol.

49

Dyw hi ddim yn bosib brysio wrth fynd dros Rhiw Forgan. Mae cymaint o ffrindiau gyda fi i'w cyfarch. Pan fydda i ar ganol siarad â chlychau'r gog, mae blodau'r eithin yn hala'u smel melys i dynnu'n sylw i. Ac, yn eu tro, mae nythod adar i ryfeddu atyn nhw neu glymau bach llachar o fefus gwylltion yn cwato yn y clawdd. Yn nhymor llusiau duon bach bydd dau neu dri o lwyni yn f'atgoffa i am y wledd sy'n fy nisgwyl i yn yr allt.

Unwaith, yn yr ysgol, mi dynnodd Miss lun blodyn ar y bwrdd du ac ysgrifennu enwau'r gwhanol rannau ohono fe, fel 'seed-box' a 'calyx' a 'stamen'. Mi aeth hi'n grac iawn pan es i mla'n i ddarllen Priffordd Llên yn lle gwrando arni hi.

'Siarad â'r blode rych chi wedi bod yn neud bob bore pan rych chi'n hwyr yn dod i'r ysgol, Esther,' mynte hi, 'a nawr a'ch bod chi'n cael cyfle i ddysgu tipyn amdanyn nhw, dych chi ddim yn gwrando!' Mi dreies i ddweud wrth Miss nad oeddwn i ddim eisiau gwybod am gyrff blodau, ddim mwy nag oeddwn i eisiau gwybod am gyrff pobol — eu cyrn gyddfe nhw, a'u tafodau nhw a'u gwefusau nhw pan oedden nhw'n siarad â fi, mai lliw a smel oedd iaith blodau a choed a phlanhigion ac mai negeswyr o wlad arall ydyn nhw.

Mi sticiodd fy nhafod i wrth daflod fy ngenau wrth i fi drïo esbonio. Dyw Miss ddim yn lico i neb ddanheddu â hi.

Ond heddiw, pan gyrhaedda i'r bwlch yn y clawdd ar dop Rhiw Forgan ac edrych lawr ar y

llyn rwy'n gweld peth rhyfedd iawn. Mae elyrch
yn nofio ar y llyn. Rwy'n gwybod mai elyrch
ydyn nhw er na welais i un yn fy myw. Ond mi
welais i lun rhai droeon. Rwy'n rhedeg ar hyd
gweddill y ffordd i'r ysgol a 'ngwynt yn 'yn
nwrn. Mae Mistir wedi dweud 'About turn' a
'Quick March' wrth i mi droi i mewn trwy'r gât.
Rwy'n sefyll wrth gwt 'yn lein ond dwy ddim yn
dilyn y plant eraill i mewn i'r Rŵm Fach at Miss.
Rwy'n aros wrth ddesg Mistir.

'Wel Esther, y freuddwydwraig fach! Yn
gynnar am unwaith!'

Dyw Misitr ddim yn edrych yn gas.

'Syr . . . mae . . . mae elyrch yn nofio ar y llyn!
Mi gwelais i nhw y bore ma o dop Rhiw Forgan . . .
deuddeg ohonyn nhw.'

Mae pantau bach yn ymddangos ym mochau
Mistir ac mae ei lygaid yn gwenu. Llygaid run
liw â pond-bach pan fydd hi'n bwrw glaw sy
gydag e, gyda spotiau bach melyn ynddyn nhw.

'Elyrch, Esther? Odych chi'n siwr nad hwyed
gwylltion welsoch chi?'

'O nage Syr, roedd 'u gyddfe nhw'n hir ac . . .
ac . . . roen nhw'n glaerwyn . . . syr . . .'

'Claerwyn . . . dyna air da, Esther!' Mae e'n
troi i ddweud wrth y plant mowr i setlo lawr.
Dyw e ddim yn 'y nghredu i. Ond dwy ddim yn
symud o'r fan.

'That group of boys over there! I've asked you
more than once to go to your places! Selwyn, did
you hear me?'

Mae Selwyn wedi bod yn siarad â thri neu bedwar o fechgyn eraill yng nghornel y stafell.

'Syr . . . mae elyrch gwylltion ar y llyn!'

Mae Mistir yn troi i edrych arna i, ac yna'n troi'n ôl yn gyflym at y bechgyn.

'Are you certain Selwyn? Odych chi'n siwr nad hwyed gwylltion welsoch chi?'

'O nage syr!' Mae Stanley Pen-lan yn seco 'i big i mewn. 'Elyrch ŷn nhw — dyna beth ddywedodd Dad.'

'Ac rŷn ni'n ddigon cyfarwydd â hwyed gwyllt,' mynte Defi Dai Bananas, 'maen nhw'n dod i'r llyn bron bob blwyddyn.'

'Wel eisteddwch lawr bob un i fi ga'l marco'r register. Mi siaradwn ni wedyn.' Mae Mistir wedi cael syndod ac mae e wedi anghofio popeth amdana i.

Mae e'n codi clawr yr incwel ar ei ddesg, yn rhoi blaen y pen yn yr inc coch yn ei ysgwyd e uwchben y blotin pad ac yn dechrau galw enwau'r plant. Mae'r inc coch yn perarogli yn 'yn ffroenau i, yn egwan ac yn felys. Rwy'n clywed plant y Rŵm Fach yn adrodd y tweis teims tebl ac rwy'n falch mai yma gyda Mistir yr ydw i ac nid gyda Miss.

Mae gwefusau Mistir yn symud yn ddistaw wrth fynd dros y register. Wedyn mae'n cymryd ffowntin-pen o boced ei got ac yn sgrifennu tipyn eto. Dyna pryd mae'r gnoc yn dod ar ddrws portsh y bois.

Mae'r plant i gyd yn codi ac yn dweud 'Bore Da syr' fel pe bai gyda nhw ond un llais rhyntyn nhw i gyd. Mae Mistir yn camu lawr o'i ddesg ac mae e ac Ifans Polîs yn sibrwd am funud y tu ôl i'r blacbord. Wedyn mae Mistir yn troi at y dosbarth.

'Mae rhai ohonoch chi'n gwybod yn barod bod elyrch gwylltion wedi dod i'r llyn.' Mae'r plant i gyd yn gweiddi ar draws ei gilydd. 'Mi gewch chi i gyd ddweud beth sy ar eich meddylie chi ar ôl i P.C. Evans ddweud wrthon ni beth sydd ar ei feddwl *e*.'

Wedyn mae Ifans Polîs yn dechrau siarad. 'Wn i ddim a odych chi i gyd yn gwybod pam rwy 'ma.' Wedyn cyn i neb gael amser i ateb, mae'n mynd ymlaen. 'Dyw'r elyrch gwylltion ddim yn dod i'r llyn yn amal iawn—'

'Rhyw unwaith mewn pedair blynedd ar hugain, syr. Mi glywes i Ta-cu'n gweud—' Mae Tomi Bilo Geir eisiau dangos ei fod yn gwybod popeth, fel arfer.

'Ie . . . dyna chi . . . mae tipyn o amser er iddyn nhw fod yma ddiwetha—' Mae'n taflu golwg ryfedd ar Mistir ac mae hwnnw'n edrych bant. 'Rŷn ni'n ddigon cyfarwydd â gweld *hywed* gwyllt wrth gwrs . . .'

'Mae pobol yn saethu hwyed gwylltion ac yn 'u bwyta nhw. Mae Dai Bananas yn saethu rheiny pob blwyddyn.' Tomi Bilo Geir sy'n siarad eto.

Mae Ifans Polîs yn 'i anwybyddu fe.

'Nawr te, all unrhyw un ddweud wrtho i pan rydw *i* 'ma heddi i sôn wrthoch chi am yr elyrch

— ac i weud rhywbeth *pwysig* wrthoch chi. Ie, Sam?'

Llaw fy mrawd yw'r unig un sy ar lan.

'Achos mai chi yw gwas y Brenin, Syr.'

Mae ateb Sam wedi plesio Ifans Polîs yn fawr iawn. Mae e'n edrych ar Mistir ond mae hwnnw ar ganol tynnu 'i law dros 'i wyneb.

'Wel . . . beth sy gyda hynny i wneud â'r elyrch?'

'Y Brenin piau'r elyrch syr, a'ch job chi yw gofalu na chân nhw ddim cam . . .'

Mae gwên lydan ar wyneb Ifans Polîs. 'Da iawn, machgen i! Y Brenin piau'r elyrch a does dim hawl gan neb i'w saethu nhw . . . na'u niweidio nhw mewn unrhyw ffordd. A dyna pam rwyf yma heddi — i'ch rhybuddio chi i beidio â thowlu cerrig atyn nhw na bod yn gas iddyn nhw o gwbwl. A dwedwch wrth bawb sy'n arfer saethu' — mae Ifans yn edrych yn syth ar Defi Dai Bananas — 'bod cosb drom iawn am saethu neu niweidio unrhyw beth sy'n perthyn i'r Brenin . . .'

'Gân nhw fynd i'r jael, syr?' Luned Ynyscarw sy'n gofyn.

'Wel, wn i ddim am hynny ond mae'r ffein yn uchel iawn, ac wrth gwrs mae pawb sy'n rhy dlawd i dalu'r ffein yn cael mynd i'r jael . . .'

Mae 'i lygaid e o hyd ar Defi Dai Bananas. 'Nawr, cofiwch beth rwy wedi weud wrthoch chi — a pheidiwch anghofio gweud gartre hefyd ac wrth bawb sy â dryll gydag e . . .'

Ar ôl i Ifans Polîs fynd, mae'r plant o Rŵm Fach yn cael dod i mewn i Rŵm Fowr ac rwy inne'n gorfod iste gyda nhw pan fôn nhw'n closio at 'i gilydd yn nesgau'r plant mowr.

Mae Mistir yn rhybuddio pawb eto am adael llonydd i'r elyrch ac am ddweud wrth eu tadau a'u brodyr mowr i adael llonydd iddyn nhw hefyd, a mae Miss yn sefyll y tu ôl iddo fe ac yn towlu ambell i air i mewn.

Mae Denzil Parc-y-rhos yn rhoi 'i law lan. 'Syr, maen nhw'n gweud nad o's dim lwc i neb sy'n 'myrreth â'r elyrch, neu'n 'u saethu nhw.'

Mae Mistir yn troi rownd ac mae e a Miss yn edrych ar ei gilydd.

'Beth ych chi'n feddwl Denzil "dim lwc"?' Rwy'n nabod oddi wrth wyneb Mistir ei fod yn gwybod yn net beth mae Denzil yn ei olygu. 'A phwy yw nhw?'

'Mi saethodd hen ewyrth Idris Maesmeillion alarch gwyllt unwaith, flynyddoedd mowr nôl, a'r dwarnod wedyn mi gerddodd ei geffyl a'i gart e mewn i'r llyn a suddo. Yn gywir fel pe bai'r llyn wedi galw ar y ceffyl, mynte Idris. Ac mae llawer o hanesion erill gyda Ta-cu hefyd, amboitu'r llyn —' Mae Mistir yn torri ar ei draws e'n frysiog.

'Wel dyma ddigon amboitu'r llyn a'r elyrch y bore ma. Mae'n amser chwarae nawr. Rwy 'mofyn i blant y Rŵm Fach godi ar 'u traed yn ddistaw . . .'

Tra'n bôn ni'n cwtsho yn y tai bach, mae Meri Llynfen yn dweud, 'Dewch i ni gael whare cadnoed.' Un o'r merched mowr yw Meri ond fydd hi ddim yn cael chwarae gyda nhw'n amal iawn. Mae rhywbeth ar 'i lleferydd hi. Mae Mang-gu yn dweud mai dim ond eisiau torri tac neu ddau o dan ei thafod sy. Mae gyda hi ddau lygad fel eirin duon bach ac mi fydd hi'n chwerthin llawer yn uchel iawn, gan godi'i hysgwyddau gyda phob pwl bach o chwerthin. Dyw hi ddim yn gallu darllen na sgrifennu llawer, ac weithiau mi fydd hi'n crwydro mewn i Rŵm Fach. Unwaith ar brynhawn Dydd Gwener, pan oen ni'n chwarae â phwti, a Miss wedi mynd i siarad â Mistir yn Rŵm Fowr, mi ddaeth hi i mewn a mynd â phwti pawb ohonom ni, wedyn mi ddaeth hi at fy mord i a rhowlio'r holl bwti yn ffurf menyw â dim byd amdani.

Dŷn ni ddim yn cael llawer o hwyl ar chwarae cadnoed. Gan mai ym Mwlchcerdinen rwy'n hala'r rhan fwya o'r amser, Edith a Maud yw'n ffrindiau i ac mae merched Pentrecagal yn cadw iddyn nhw'u hunain. A does neb eisiau Meri Llynfen mewn unrhyw gêm.

Rwy'n dweud wrth Mang-gu ar ôl mynd adre am Ifans Polîs yn rhybuddio pawb am adael llonydd i'r elyrch ar y llyn.

'Maen nhw'n gweud nad yw'r elyrch ddim yn dod i'r llyn yn amal iawn, Mang-gu. Odych chi'n cofio'r tro dwetha daethon nhw?'

'Na, down i ddim yn byw ffor'ma pryd 'ny, er nad own i ddim yn bell iawn chwaith.'

'Mae ta-cu Denzil Parc-y-rhos yn gwbod lot o storhaes am y llyn.'

'O, fentra i fe! Un da am storhaes fuodd e erioed, mynte nhw.'

'Glywoch chi'r hanes am hen ewyrth Idris Ma'smeillion yn saethu alarch gwyllt ac am 'i geffyl a'i gart e'n cerdded miwn i'r llyn y dwarnod wedyn?'

'Do . . . mae rhai'n gweud mai'r hen Samuel 'i hunan yrrodd y ceffyl miwn, er mwyn cael arian yr insiwrans.'

'Odi *chi*'n credu hynny, Mang-gu?'

Dyw hi ddim yn ateb. Rhyw eiliad yn ddiwedd-arach mae'n dweud, 'Rwyt ti'n gwbod am Meri fach Llynfen?'

'Beth amdani hi, Mang-gu?'

'Un o bobol Ma'smeillion yw hi.'

'Mae'n perthyn i Idris, te?'

'Mae pawb ym Mhentrecagal yn perthyn i'w gilydd, drwy'r trwch.'

'Ydw i'n perthyn i bawb ym Mhentrecagal, te?'

'Na, dod i fyw 'ma wnaethon ni, o stâd Ma's-felin, jyst ar ôl yr hyfel.'

'Dim ond gyda Sam a fi a Griffith John mae gwallt coch yn yr holl ysgol.'

Mae ceg Mang-gu'n cau clep fel pwrs Miss Prydderch.

'Dweud wrthot ti am Meri Llynfen own i!' Wedyn mae'n ailddechrau siarad yn 'i llais ar-ferol. 'Fuodd Meri fach erio'd ym mhen draw'r ffwrn, wel'di. Nôl Meri Ann Castle View, mae un fel 'na ymhob cenhedlaeth o deulu Ma'smeillion ers canrifo'dd. Y llyn yn dial, mynte nhw, achos i un ohonyn ladd alarch. Mae fel pe bai'r tylwyth wedi'i ribo . . . ond teulu sglyfaethus fuon nhw erio'd—mae Dai Bananas yn un ohonyn nhw—'

'Ond sdim canrifo'dd oddi ar y saethodd hen ewyrth Idris alarch!'

'O, nid fe o'dd y cynta i 'ngafel â'r elyrch, mynte nhw! Ond mae'n gwmws fel pa bai'r tylwyth yn gwrthod dysgu gwers — bod y llyn yn mynnu dial, doed a ddelo.'

'Shwd ma Meri Ann Castle View yn gallu cofio nôl am ganrifo'dd, Mang-gu?'

'Wheddel gwlad, merch i — yr hanes yn ca'l 'i drosglwyddo o un genhedlaeth i'r llall . . . mi af i â ti rywbryd i gyffiniau Silian a dangos i ti'r fan lle y gadawodd perthynas i fi fwyell i gwympo ar 'i sawdl e . . .'

'Pam, Mang-gu?'

'Y *press-gang* o'dd ar 'i ôl e yn ystod rhyfel Waterlŵ . . . ac mae llawer o bethe alla i weud wrthot ti sy'n mynd nôl ymhellach na hynna . . . pethe glywes i gan Mang-gu a honno wedi'u clywed nhw gan 'i mang-gu hithe . . . Mae pobol yn rhy fisi yn darllen papurau a gwrando ar yr hen weiarles 'na heddi i siarad â'i gilydd . . .'

Mae'r elyrch gwyllt wedi mynd. Rwy'n cyrraedd top Rhiw Forgan â 'ngwynt yn 'yn nwrn fore Dydd Llun ond mae wyneb y llyn yn llonydd,

llonydd, fel y bydd wyneb Dad pan fydd e'n meddwl. Does dim un aderyn yn hedfan wrth ei ben e, a dim na buwch na dafad yn pori ar 'i lannau fe. Digon diflas yw hi ymhobman a'r blodau wedi mynd nôl i wlad eu hunain. Tawedog yw pond-bach heddiw hefyd a does dim dewis gyda fi ond 'i hel hi i'r ysgol. Mae'r gloch newydd 'bennu canu.

Rwy'n sleifio i mewn drwy bortsh y merched ac i Rŵm Fach. 'Hwyr fel arfer, Esther!' Mae llais Miss yn galed. Ar ganol stori mae hi — stori Joseff ac, fel arfer gyda storïau y Beibl, mae rhywbeth drwg yn dod i mewn i'r stori.

'Plis, Miss, mi wnaeth tad Henri rywbeth drwg iawn dydd Sadwrn diwetha!' Mae ringlets Margaret Llwyncelyn yn symud wrth ei bod hi'n taflu 'phen wrth siarad ac rwy'n gallu smelo smel gwallt glân arni hi.

Mae Miss yn codi'i haeliau, ond rwy'n gweld wrth 'i llygaid hi ei bod hi'n gwybod am y rhywbeth drwg.

'Mi saethodd e alarch gwyllt ar y llyn. Mi hedfanon nhw i gyd bant . . . Ma' Dad yn gweud na ddaw dim lwc iddo fe . . .'

Mae'r plant i gyd yn siarad ar draws ei gilydd. Pawb ond Henri a fi. Brawd Defi Dai Bananas yw Henri. Mae e'n eistedd y tu ôl i fi ac mae e'n gwasgu 'i freichiau at 'i gilydd nawr ac yn crwmanu 'i ysgwyddau. Dyna beth wnes i llynedd pan o'dd y plant i gyd yn dweud fod Dad wedi meddwi yn Ffair Sant Tese.

Mae Miss yn dweud wrth bawb am fynd ymlaen gyda'u sgwrs. Mae papur sy wedi bod rownd i dun samon gyda fi ym mhoced fy mrat. Mae lliwiau pinc a gwyrdd pert iawn arno fe ac mae rhywbeth yn mynd trwyddo i pan edrycha i arno fe. Tra bo Miss â'i chefen aton ni wrth y cwpwrdd rwy'n troi rownd ac yn rhoi'r papur i Henri. Mae e'n estyn ei law ma's i'w dderbyn e, ond dyw e ddim yn gwenu.

Ar ôl pleiteim prynhawn mae Miss yn dweud wrthon ni gyd i sefyll mewn lein ac rŷn ni'n mynd mewn i Rŵm Fowr. Mae Mistir yn dweud bod rhywun yn dod i siarad â ni am America.

Rwy wedi gweld y dyn o'r blaen. Mae e'n rhoi sioe *magic lantern* weithiau, yn y Mart Hall. Mae Sam yn galw American Tailor arno fe achos mai teilwr yw e wrth ei grefft ac mae e wedi bod yn Califfornia am beth amser. Unwaith, ar ôl un o'r sioeau magic lantern, roedd Sam a fi yn edrych ar y teilwr yn treio startio'i foto-beic. 'Mae moto-beic felna gyda Dad,' meddai Sam wrtho fe ar ôl 'i watsho fe yn treio starto'r moto-beic sawl gwaith. 'Oes e, machgen i?' mynte'r teilwr, 'ydy e'n cychwyn yn well na hwn?' A dyna sut y daeth Sam a fi i wybod mai gair arall am 'starto' yw 'cychwyn'. Mae Sam wedi cymryd at y gair ac yn gwneud defnydd ohono fe yn ei bregethau byth a hefyd.

Dim ond nabod y teilwr achos ein bod ni'n hala cymaint o amser ym Mwlchcerdinen y mae Sam a fi ond rwy'n teimlo bod gyda ni fantais dros y plant eraill y prynhawn 'ma.

Mae'r teilwr yn dechrau drwy sôn am y ffrwythau sy'n tyfu yn America ac mae e'n mynd ymlaen i siarad am yr adeiladau anferth sydd yno. 'Does gyda chi ddim dirnadaeth yn y wlad fach yma am faint pethau yn America.'

Mae Besi Glan-llyn yn rhoi ei llaw lan. 'Odi'r siopau yn fwy 'na nag ŷn nhw yn ein gwlad ni?'

'Ydan wir, 'ngenath i. Mae ambell siop yng Nghalifffornia allech chi roi Pentrecagal ynddi hi yn ei grynswth . . .'

Rŷn ni i gyd yn ochneidio 'O' fowr o syndod fel un dyn. Mae Sam yn rhoi 'i law lan.

'Mi'ch clwes i chi'n gweud ar Sgwâr Top pwy nosweth wrth rywun fod cwningod California gymaint â chathod ffor' hyn.'

'Sgwâr Top? O Sgwâr Top Llanbeirian rych chi'n feddwl?' Mae'r teilwr yn gwenu ar Sam. 'Rŷn ni wedi cyfarfod o'r blaen on'd do? Wel, os dwedes i hynna, mae'n wir wrth gwrs . . .' Mae e'n troi o amgylch i edrych ar Mistir, a'r wên ar ei wyneb o hyd.

'Beth yw maint tyllau cwningod California, syr?'

'Eu tyllau nhw? Wel, run faint â thyllau cwningod eraill, allwn i feddwl.'

'Sut mae'n nhw'n gallu mynd mewn iddyn nhw te, Syr?' Mae Sam yn amlwg wedi bod yn meddwl yn hir am gwningod California ac mae'r cwestiwn hwn yn dod yn glòs ar ôl ateb y teilwr.

'Wel . . . y . . . wel . . . y — eu busnes nhw ydy hynny ynte?' Mae'r teilwr yn troi i edrych ar

Mistir. Dim ond rhyw hanner gwenu mae e nawr. Mae Mistir yn brysur yn tynnu'i law dros ei wyneb.

'Rhaid i chi beidio â chymryd popeth rwy'n ei ddweud yn llythrennol!'

Dwy ddim yn gwybod beth mae'r teilwr yn olygu wrth 'llythrennol'.

'Faint ohonoch chi sy'n gwybod beth ydy chwain?' Mae pawb yn gwybod beth mae'r teilwr yn feddwl nawr, ac mae dwylo pawb yn mynd lan.

Rwy'n golygu dweud wrtho fe sut mae cosi arna i pan fydda i wedi bod yn helpu Mang-gu gyda'r plufio a sut mae marcau ar 'yn ngwddwg i bore drannoeth ond mynd ymlaen â'i stori mae'r teilwr.

'Maen nhw'n bethau digon cyffredin yn y gwely, ond ŷn nhw? Wel gwelyau plu sydd yng Nghaliffornia hefyd a phan own ni yno rown i'n lodjo efo gweddw — gwidw fyddech chi'n ddweud ffordd yma yntê?'

Mae Mistir yn rhythu ar gefen y teilwr. Mae e'n edrych yn anghysurus.

'Wel un noson mi es i i fy ngwely fy hun fel arfer, yn fy ystafell fy hun . . .'

Mae Miss yn treio amneidio ar Mistir, am ryw reswm.

'A phan ddihunes i drannoeth ble feddyliech chi rown i? Yng ngwely'r widw. Y chwain wedi 'nghario i yno, dach chi'n dallt—mae hyd yn oed chwain California yn anferth . . .'

Mae Mistir wedi sefyll ar ei draed. 'Wel rwy'n siŵr ein bod ni'n ddiolchgar iawn i'r siaradwr am ddod aton ni i sôn am America . . .'

Mae bron yn hanner awr wedi tri ac rŷn ni'n cael mynd adre ar unwaith. Mae Mistir yn anghofio Ein Tad.

Rwy'n dweud stori chwain Califfornia wrth Mang-gu y noswaith hynny. Ar ei thraed y mae hi pan ddechreua i'r stori ond mae wedi eistedd cyn i fi ddibennu. Mae'n chwerthin a chwerthin ac mae'r gadair siglo yn symud nôl a mla'n cyn gloied â melin bapur. Wn i ddim pam mae'n chwerthin gymaint achos dyw'r stori ddim yn ddigri iawn.

Sychu'r dŵr o gornel 'i llygaid â'i brat y mae hi pan ddaw'r gnoc ar ddrws y ffrynt. Rwy'n mynd i'r drws ac yn troi'r allwedd fowr i'w ddatgloi. Dim ond pan fydd Riwben y Becer neu fan Home and Colonial yn dod y bydd y drws ffrynt yn cael ei ddatgloi.

Hamish Rees, Blue Belle, sy wrth y drws.

'Galw wnes i, Marged Ifans, i ga'l gair â chi . . . ac ag Esther 'ma . . .'

Mae'n camu i'r pasej ac i mewn i'r gegin, ac yn eistedd ar y sgiw.

'Rwy'n deall gan Megan a William John bod yr American Tailor wedi bod yn siarad â chi yn yr ysgol heddi.'

'Do ac ro'dd e'n ddigri iawn hefyd,' mynte finnau.

'Wn i ddim pa mor ddigri o'dd e, ond fel un o fanajyrs yr ysgol mi ofala i na cheith e byth ddod i siarad â'r plant 'to — nac ag unrhyw blant o ran hynny! Dyw e ddim yn ffit!'

'O . . . pam te?' Mae Mang-gu yn edrych yn strêt yng ngwyneb Hamish Rees. Mae fel pe bai ôl y chwerthin ar ei hwyneb o hyd.

'Dewch nawr, Marged Ifans . . . allwch chi ddim disgwyl i fi weud pam — dim o fla'n y groten fach. Fe wyddoch chi cystel â finne . . .'

'Na wir, wn i ddim o'r fath beth! Beth ma'r dyn bach wedi 'i neud te?'

'Wel y storïau 'ma mae e wedi bod yn weud wrth y plant . . .'

'Storïe da ŷn nhw hefyd.' Mae Mang-gu yn dechrau chwerthin.

'Rwy'n synnu atoch chi Marged Ifans! Lwc mai nid dyna barn pawb am y dyn! Rwy wedi bod rownd i lawer o'r rhieni erill, ac maen nhw'n cytuno â fi. A gweud y gwir, dodd gyda fi ddim amser i ddod cyn belled â hyn ond gan bod Esther yn dod i ysgol Pentrecagal lle dyle hi fod yn mynd i ysgol Llanbeirian achos i bod hi'n hala cymaint o'i hamser gyda chi —'

'Odi, mae'n drueni i chi wastraffu'ch amser, Hamish Rees. Mae'n fisi iawn arnoch chi rwy'n siŵr, rhynt y dafarn a'r siop a'r busnes bwyd anifeiliaid.'

Mae Hamish Rees yn hanner codi o'r sgiw.

'A gan fod cymint o fusneson gyda chi, mi ddylai fod hytrach gwaith gyda chi na hala bile ma's am fwyd y moch i widwod fel fi 'u derbyn nhw ar Fore Dydd Nadolig. Ac rwy'n falch iawn ych bod chi wedi galw i fi ga'l gweud wrthoch chi.'

Mae Hamish Rees wedi cyrraedd y pasej.

'Ac mi weda i wrthoch chi'n blaen hefyd — fyddwn ni ddim yn hidio bod yn widw yng Nghalifffornia.'

Mae'n eistedd yn y gadair siglo ac yn dechrau chwerthin. Rwy'n mynd i gau a chloi drws y ffrynt ar ôl Hamish.

'Whain Califfornia wir!' Mae'n chwerthin o hyd. 'Wyneb y dyn yn meiddio beirniadu pobol eraill. Mae pawb yn gwbod nad yw e ddim yn byw ar 'i wraig.'

Rwy'n agor fy ngheg i ofyn iddi beth mae'n feddwl ond mae Mang-gu'n codi'n sydyn. 'A beth ma'r tegil yn neud fanna, ar llofft y grog.'

Mae'n gostwng y tegil sawl linc ac mae hwnnw'n dechrau canu.

'Arllwys y tebot, Esther, i ni ga'l cwpaned bach o de!'

Rwy'n agor fy mhen i ddweud rhywbeth wrth Mang-gu am Hamish Rees na fentrais i ddim dweud wrth neb hyd yma. Ond mae ofan a chywilydd yn dod drosto i fel tân.

Rwy'n mynd i arllwys y tebot.

★   ★   ★   ★

Mae'n oer iawn ac wedi rhewi'n galed. Rwy'n cysgu yn Cnwcyrhedydd ac mae Sam a fi a Griffith John yn mynd i'r ysgol gyda'n gilydd.

Mae pobman yn ddistaw a hyd yn oed y nant wrth ymyl yr hewl wedi rhewi. Rŷn ni'n galw yn Blue Belle ac yn prynu gwerth dime'r un o sbani. Wedyn rŷn ni'n mynd heibio i Defi Dai Bananas. Mae 'i fang-gu yn eiste wrth y tân.

'Mi ddylech chi blant wisgo'ch sgidie Dydd Sul heddiw rhag ofan i chi gwmpo,' mynte hi gan edrych ar 'yn sgidie hoelion i, sy'n dod lan dros 'y migyrnau i. Mi licwn i pe bai Mam wedi dweud yr un peth. Gwadnau ryber sy i'n shwsis Dy' Sul i ac rwy'n teimlo'n swanc yndyn nhw.

'Dewch i dwymo am dipyn bach,' medde mam Defi a Henri, 'tra bo'r blant ma yn 'bennu'u brecwast.' Mae'r ddau grwt yn yfed shincin o fasnus ac yn galw'u bwyd. Mi fydd Mang-gu yn rhoi clatshen i fi am alw 'mwyd.

'Tynnwch ych clogyn, Esther fach.'

Rwy'n tynnu 'nghlogyn glas ryber. 'Wel, ma gyda chi ffroc gynnes,' mynte Mang-gu Defi a Henri wrth fyseddu'n ffroc i. Ffroc newydd yw hi — Mam wedi gwneud hi o wlanen a brynodd hi yn Ffatri. Gwlanen ddu yw hi â leins coch a melyn yn mynd ar i hyd ac ar ei thraws hi. Roedd smel tŷ bach ar y wlanen pan brynwyd hi ac roedd Sam a Griffith John yn chwerthin ar 'y mhen i ac yn dal 'u trwynau. Dyw'r smel ddim cynddrwg nawr ond mae'r ffroc yn 'y nghosi i o hyd. Rwy'n gwisgo brat drosti. Dim ond cyrraedd at y nghanol i mae cefen y brat.

Rŷn ni'n cael sbort wrth ddringo Rhiw Forgan. Mae'r mannau gwlyb yn yr hewl yn haenau solet o iâ ac rŷn ni'n hala peth amser i sleidio arnyn nhw. O dop Rhiw Forgan rŷn ni'n edrych lawr ar y llyn llonydd.

'Mae'r llyn wedi rhewi,' mynte Sam.

'Na 'dy ddim! Dyw'r llyn byth yn rhewi!' mynte Defi Dai Bananas.

Ond Sam sy'n iawn. Mae bois y pentre yn llawn o'r hanes am y llyn wedi rhewi. Mae Mistir yn gyndyn i'w credu nhw. 'Anamal iawn mae'r llyn yn rhewi — rhyw unwaith neu ddwy mewn canrif.'

'Ond mae e wedi rhewi heddi — ffact i chi syr! Mi fuodd Ta-cu lawr cyn brecwast bore 'ma at y llyn. Ac mae e'n cofio'r llyn yn rhewi o'r bla'n — pan o'dd e'n grwt bach. Ro'dd pobol yn sleidio ar y llyn pryd 'ny.'

Mae Mistir yn edrych yn ddifrifol. 'Peidied neb ohonoch chi fynd yn agos i'r llyn!'

Mae Denzil yn dal ati. 'Ond syr, ro'dd Ta-cu'n gweud 'i fod e'n siŵr y galle'r llyn ddala'n pwyse ni!'

Mae Mistir yn edrych yn ofnadwy o sarrug. 'Beth yw dyfnder y llyn, Denzil?' Rŷn ni i gyd yn gwybod ac rŷn ni'n ateb gyda'n gilydd, fel pe bai'n henwau ni bob un yn Denzil.

'Mwy o lawer na hyd dwy raff cert.'

Dyw Miss ddim wedi cyrraedd eto achos ei bod hi'n byw mor bell a'r hewlydd mor slic, ac rŷn ni i gyd yn Rŵm Fowr. Ond does dim llawer o blant wedi dod chwaith ac mae Mistir yn gadael i ni sefyll o amgylch y stôf, a'n dwylo ar y fire-guard. *Silent Reading* yw'r wers ond mae'r bechgyn hena yn achub mantais, drwy bod Mistir â'i gefen aton ni yn cymhennu'r cwpwrdd, i boeri ar y stôf. Mae'r poeri yn dawnsio ac yn hisian cyn mynd yn ddim. Rwy'n ei wylio fe gan bwyso 'ngheg yn erbyn y ffeiar-gard. Mae blas siarp ar y ffeiar-gard.

Mae'n un ar ddeg ar Miss yn cyrraedd. Mae 'i thrwyn hi'n goch ac mae'n gwisgo Russian Boots sy'n lasio reit lan i'w phenliniau hi.

Ar ôl i ni fwyta'n tocyn yn Rŵm Fach fel arfer a chwarae tipyn, rŷn ni'n cael mynd adre'n gynnar. Mae Mistir yn rhybuddio plant y pentre unwaith eto i beidio mynd yn agos at y llyn. Dyw e ddim yn dweud llawer wrth Sam a Griffith John a fi nac wrth Defi Dai Bananas a Henri achos mae'n ffordd ni adre i'r cyfeiriad arall o'r llyn.

Rŷn ni'n sleido ar pond-bach am dipyn ond does dim llawer o le i ni i gyd.

'Hei, beth am dreio'r llyn?' mynte Defi Dai. Mae Sam yn edrych yn amheus. 'O dere 'mla'n Sam! Allwn ni adael y *kids* fan hyn!' *Kids* mae Defi yn galw'r plant bach i gyd.

Ond rwy i a Griffith John a Henri yn dilyn y ddau fachgen. Rŷn ni'n troi nôl i gyfeiriad yr ysgol, yn mynd ar hyd y lôn sy'n rhedeg gyda gwaelod y iard ac i lawr dros y Fron ac i'r pentre. Dwy ddim yn dod i Pentrecagal yn amal iawn achos mod i'n hala cymaint o amser ym Mwlch-cerdinen. I'r efail yn Llanbeirian y bydda i'n mynd i gael gwared ar y ddafad sy ar 'y mys i. Rwy wedi bod yn mynd at Defi'r Gof bob wythnos nawr ers peth amser, i roi 'mys yn y gasgen lle bydd e'n oeri'r heyrns, ond dyw'r ddafad ddim wedi mynd yn llwyr eto. Felly rwy'n falch o glywed tincian einion Efail Pentrecagal. Rŷn ni i gyd yn troi i mewn. Mae smel llosgi ymhobman. Mae arad yn y cornel a llawer iawn o drugareddau haearn ymhobman ond does dim un ceffyl yn cael ei bedoli heddiw chwaith.

Mae'r gof yn dod draw â'r darn haearn y mae e wedi bod yn 'i ffusto ar yr einion. Mae yn boeth o hyd ac yn hisian wrth i'r gof 'i wthio fe i'r dŵr. Rwy'n symud 'y mys yn frysiog. 'Dafad gydag e ar 'i fys, o's e?' Fel'na y bydd y gof yn siarad — yn dweud 'fe' yn lle 'ti' neu 'chi'. Rown i'n arfer meddwl mai fel'na oedd pob gof yn siarad, ond mae gof Llanbeirian yn siarad fel pawb arall. Mae'n plygu i edrych ar y ddafad. 'O mi wellith toc mi geith e weld!' Mae'i ddannedd e'n wynion ond mae 'i wyneb a'i ddwylo fe'n frwnt iawn. Mae smel lleder yn gymysg â smel haearn ar 'i ffedog e.

'Cerwch chi adre nawr te, blant — mi eith hi'n dywyll toc.' Mae'r gof yn ailgydio yn ei forthwyl.

'Pwy o'dd rheina te?' rwy'n clywed un o'r dynion yn gofyn wrth i ni fynd ma's — Sam a Defi Dai yn gynta, Henri wedyn a Griffith John a fi'n olaf. Mae Griffith John yn cydio'n dynn yn 'yn llaw i ac rŷn ni ychydig ar ôl y lleill.

'Plant Dai Bananas.'

'O rwy'n nabod nhw — y plant pengoch 'na rwy'n feddwl.'

'Plant Cnwcyrhedydd.'

Rwy'n sefyll yn nrws-tu-fa's yr efail i dynnu cap Griffith John lawr am 'i glustiau fe. Rwy'n clywed llais Bilo Geir. 'Brîd y padis.'

Mae llais arall yn gofyn, 'Shwd wyt ti'n gneud hynna ma's te?'

'Wel un o dop y sir yw Twm Cnwcyrhedydd ac un o ffor'na yw'r fenyw co sda fi. Gweud o'dd hi mai plentyn ordderch o'dd mam Twm — un o'r Gwyddelod ddaeth draw i fildio'r relwe o'dd 'i thad hi. Ac mi ga'th hi a'r groten fach — mam Twm — 'u troi ma's gan ewythredd a ddaeth nôl o America yn union swydd i neud hynny.'

Rwy'n plygu i ail-roi 'i fenyg am ddwylo Griffith John.

Mae rhywun yn chwerthin. 'Go bell yw'r berthynas erbyn hyn, Bilo.'

'Pell neu beido, mae'r elfen yn gryf iawn yn Twm, ta beth! Un gwyllt iawn o'dd e'n arfer bod, mynte nhw — ond beth ych chi'n ddisgwl gan y padi?'

Am Dad maen nhw'n siarad. Ac mi alwodd Bilo Geir e'n badi. 'Cwmpo ma's fel padis' fydd Mang-gu'n ddweud pan fydd rhywrai'n cweryla â'i gilydd. Dwy ddim yn lico Bilo Geir.

Mae Sam, Defi Dai Bananas a Henri wedi mynd yn 'u blaenau. Mae Griffith John eisiau mynd adre, ond rwy yn 'i hanner lusgo fe lawr at y llyn.

Mae lot o blant yn sleido ar y llyn. Rwy'n 'u gweld nhw'n mynd, un ysgwydd o flaen y llall, a'u sgarffau'n rhubanau y tu ôl iddyn nhw. Tua canol y llyn mae Sam, Defi a Henri. Rwy'n codi'n llaw arnyn ond dim ond Henri sy'n codi'i law nôl. Wedyn, mae'r plant i gyd yn sleidio tuag aton ni, a Henri sbel fach ar ôl y lleill.

Dwy ddim yn clywed dim byd yn craco, na'r un sblash chwaith. Ond un funud mae Henri'n sleido tuag aton ni, wrth gwt y lleill, a'r funud nesaf does dim neb yno. Rwy'n gweiddi ar y plant i ofyn ble mae Henri wedi mynd ac wedyn mae popeth yn gymysg a lot o bobol mewn oed yn dod a gofyn ble mae Henri ac rwy'n dweud nad wy ddim yn gwybod ac maen nhw'n gofyn i Sam a Defi ond maen nhw'n dweud nad ŷn nhw ddim yn gwybod ac mae mam Defi a Henri yn dechrau wban dros y lle ac wedyn rwy yn y tŷ ac mae Griffith John yn llefen ac mae Mam yn rhoi jar yn y gwely i ni a mae Dad yn dod â bricsen boeth o'r tân wedi'i lapio mewn blanced ond hyd yn oed wedyn mae'n amser hir cyn i Griffith John beidio â llefen ac i finnau beidio â chrynu.

★　　　★　　　★　　　★

Mae Mang-gu wedi rhoi pishyn tair i fi gael pacyn o grisps i fwyta gyda 'nhocyn achos doedd dim llawer o fara gyda hi. Ceiniog yw pris y crisps ac mae'n fy siarso i i ddod â dwy geiniog o newid nôl.

Rwy'n disgyn o'r bỳs tu fa's i'r Blue Belle ac yn edrych drwy ffenest y siop. Mae Hamish Rees wrth y cownter yn dwsto poteli swîts â'i gefen ata i a does neb arall yn y siop. Rwy'n loetran wrth y drws, a chyn hir mae Dan Beilibedw'n dod. 'Hylo Esther! Mi fyddi di'n hwyr i'r ysgol!'

Rwy'n ei ddilyn i mewn ac yn stwffo'n hunan rhyngddo fe a'r cownter. 'Pacyn o grisps, plis.' Rwy'n ymestyn y pishyn tair i gyfeiriad Hamish ond dyw Hamish yn gwneud dim sylw.

'Bore da Dan! Wdbeins ife?' Mae'n ymestyn am y pecyn sigarets o'r silff, yn mynd i'r drâr i nôl y newid ac yn ei ymestyn dros y cownter i Dan.

'Helwch bwn o gêc y da lan pan ddaw cyfle Hamish!' Mae Dan ma's drwy'r drws mewn chwinciad llo bach. Mae Hamish yn troi 'i gefen i ysgrifennu'r ordor yn y llyfyr cyn troi a 'mestyn y pecyn gwyn a'r geiriau *Broken Crisps* arno fe mewn llythrennau glas i fi. Mae'n rhoi'r pishyn tair yn y drâr ond dyw e ddim yn 'mestyn y ddwy geiniog o newid dros y cownter. Mae'n codi fflap y cownter ac yn camu ata i. Rwy'n cymryd cam nôl at y drws. Wrth stwffio'r newid i'm llaw i ag un o'i ddwylo, mae Hamish yn rhoi'r llaw arall dan 'y nghesail i, a'i symud hi lan a lawr 'yn ochor i. Rwy'n cydio'n dynn yn y ddwy geiniog o newid wrth symud at y drws. Mae sŵn traed yn dod o gyfeiriad y seler ac mae Hamish yn symud nôl yn frysiog tu ôl i'r cownter. Mae Meri Ann, ei wraig, yn ymddangos. 'Wel, wel, Esther fach, gwell i ti frysio i'r ysgol. Mae Megan a William John wedi mynd ers amser!'

Rwy'n sylwi bod drws sied Dai Bananas ar agor ac mae'r dryll a'r crwyn cwningod a arferai

72

hongian yn stiff ar y wal wedi mynd. Mae'r sied yn hollol wag ac mae golwg orest iawn ar y tŷ. Rwy'n rhedeg i dop Rhiw Forgan heb aros i siarad â na choeden na phlanhigyn. Ond alla i ddim peidio ag edrych lawr i gyfeiriad y llyn chwaith.

Rwy'n cofio clywed mai anaml iawn y bydd elyrch gwynion yn dod i'r llyn a phrin fis sydd ers i mi 'u gweld o'r blaen—cyn i dad Defi Dai a Henri Bananas saethu un ohonyn nhw.

Rwy'n meddwl am Henri nawr wrth edrych ar yr elyrch. Elyrch rhyfedd iawn yw'r rhain. Dŷn nhw ddim yn symud o gwbl ar wyneb y dŵr. Rwy'n syllu a syllu ac alla i ddim symud o'r fan. Wedyn mae'r elyrch i gyd yn codi gyda'i gilydd, ond cyn gynted ag y bôn nhw'n glir o'r dŵr, maen nhw'n diflannu'n ddisymwth, yn gywir fel y diflannodd Henri wrth sleido ata i ar y llyn. Un funud maen nhw yno, a'r funud nesaf maen nhw wedi mynd.

Yn sydyn, rwy'n cael 'y nhraed yn rhydd ac rwy'n rhedeg, rhedeg, i mewn drwy bortsh y bois a lan at ddesg Mistir. 'Syr! Syr! Mi weles i.' Ac rwy'n ffaelu â mynd ymhellach, 'y nhafod i'n glynu wrth daflod 'y ngenau i.

Mae Mistir yn troi ata i. 'Ie, Esther?' Mae'r pantau bach yn ymddangos yn ei fochau. 'A beth welsoch chi heddi? Rhywbeth na welodd neb arall, rwy'n siŵr . . .' Mae cleisiau du o dan ei lygaid a rhyw dristwch o'i amgylch sy'n 'mestyn ata i fel bysedd.

'Y . . . dim byd syr!' Rwy'n synhwyro na fydd e ddim hapusach o wybod beth welais i.

Rwy'n mynd mewn i Rŵm Fach. 'Hwyr eto, Esther! Mae Griffith John wedi cyrraedd ers meitin.' Mae gwên ar wyneb Griffith John. Mae Miss yn mynd ymlaen, yn ei llais siarp, 'A gweud y gwir, Esther, mae'ch mam yn achwyn eich bod chi'n dechrau mynd yn anodd eich trin — yn pallu mynd am neges i Blue Belle os na fydd arian parod gyda hi i'w roi i chi. Lwcus bod Griffith John gyda hi i negeseua — dim ots gyda chi ddod â newid nôl, oes e, Griffith John?' Mae gwên Griffith John yn lledu.

Rwy'n mynd i eistedd. Mae lle Henri'n wag y tu ôl i fi, y gadair wedi'i thynnu lan yn glòs at y ford.

★   ★   ★   ★

Heddiw, mae Edith, Maud a finnau wedi penderfynu mynd i hela llusiau duon bach yn yr allt. Mae'r ddwy'n galw amdana i yn Mwlchcerdinen ar ôl brecwast. Mae basged siopa gan Edith a llester enamel te-tramp gyda Maud.

'Rŷn ni'n mynd i dreio llanw'r fasged rhyngom ni,' mae Edith yn esbonio i Mang-gu.

'Hy! Odych, sbo, ar ôl llanw'ch boliau'n gynta! Gwell i ti Esther fynd â'r stên fach sy'n hongian yn y llaethdy. Os llenwi di honno, mi fyddi di wedi gwneud yn weddol.'

'Meddwl gneud tipyn o arian erbyn y trip Ysgol Sul oen ni,' mynte Maud.

'Ie . . . wel meddwl na'th y dyn. Rych chi'n golygu gwneud dwarnod ohoni felly?' Mae llygad Mang-gu ar y pacyn papur brown seimllyd a'r boteled o ddiod fain sydd yn llaw Maud. 'Well i tithau gael rhwbeth ar gyfer dy fola, Esther.' Cyn pen chwinciad, mae wedi torri dwy sleisen o fara menyn yn groes i'r dorth. 'Cer dithau â photeled o ddiod fain hefyd. Mae'n twymo gormod i fynd â llaeth enwyn heddi.' Rwy'n mynd i'r llaethdy a chymryd un o'r poteli diod fain sydd ar y garreg las.

Mae'r ffordd i'r allt yn arwain drwy glos Cnwc-yrhedydd, ond cyn cyrraedd y sticil sy'n arwain o'r ffordd fawr, drwy Cae Dderwen ac i'r clos, rŷn ni'n mynd heibio i Fryneuryn. Miss Prydderch sy'n byw yma a metron mewn hospital yn Llundain oedd hi cyn ymddeol. Mi fydd hi yn tŷ ni'n amal — naill i ddod â photed bach o jam cyrens duon i Mam, neu i'n gwahodd ni i ddod i gasglu'r afalau sydd wedi cwympo, neu i achwyn wrth Dad fod y dreisiad wedi torri i mewn i'r berllan.

Mae'n digwydd dod ma's o'r iet nawr. Mae ffrog haf amdani, het lydan am 'i phen ac mae'n cario parasol.

'Bore da, Esther fach! A ble rŷch a'ch dwy ffrind yn mynd y bore ma?' Heb aros am ateb, mae'n mynd ymlaen. 'I hela llusiau duon bach, ife? Mi licwn i gael llusiau duon bach — dim ond digon i wneud tarten a photed bach neu ddou o jam, falle. Mi a i i nôl basged i chi nawr.' A chyn i fi gael amser i lyncu 'mhoeri, mae wedi troi nôl i'r tŷ.

'Pam na wedest ti wrthi mai hela er mwyn cael arian i fynd ar y trip ŷn ni?' Mae Edith yn benwan. Ond mae'n iawn iddi hi — dyw Miss Prydderch ddim yn gyfarwydd â'i rhieni hi.

'Dyma ni — ac mi wna i darten i chi. Mae'ch mam yn ffond iawn o darten llusiau bach, Esther. Fyddwch chi fowr o dro yn llanw'r fasged 'ma, a chithau'n dair yn casglu!' Mae 'nghalon i'n suddo wrth weld y fasged mae Miss Prydderch yn wthio i'n llaw i. 'Galwch ar y ffordd nôl gyda'r llusiau ac mi gewch chi bishyn o 'nghacen gyrens i!' Mae'n agor ei pharasol ac yn hwylio bant.

'Wel, myn yffach chi!' Mae Maud yn grac iawn. 'Pwy mae hi'n feddwl yw hi, gwêd? Tarten a photed bach neu ddou o jam, wir! Mi fyddwn ni dipyn yn dewach ein cawl o fynd â rheiny ar y trip gyda ni, on'd byddwn ni?'

'Mam Esther sydd i fod i gael y darten, ond mae'n disgwl i ni i gyd helpu i hela'r llusiau,' mynte Edith. 'Wel, ma' gobeth caneri gyda hi!'

'Ro'dd hi'n edrych fel caneri, hefyd, yn 'i melyn i gyd!' Mae Maud yn dechrau chwerthin.

'Ie, caneri â pharasol!' Cyn hir, mae'r ddwy'n ddiymadferth ym môn y clawdd.

Dwy i ddim yn chwerthin. 'Mae Mam yn gweud mai hi yw'r fenyw smarta yn y gymdogeth. Ac ro'dd hi'n nyrso'r soldiers amser 'hyfel . . .'

'Hy, dyw hi ddim agos mor smart â Miss Tomos Titsher, odi hi Edith?' I ysgol Llanbeirian y mae Edith a Maud yn mynd, a nid 'y nhitsher i yw Miss Tomos. Rwy'n rhoi'r stên ym masged Miss Prydderch ac yn cerdded ymlaen.

Rŷn ni'n tair yn mynd dros y sticil yng Nghae Dderwen ac yn cerdded ar draws y cae i Gnwc-yrhedydd. Rwy'n gadael Maud ac Edith wrth y drws.

'Ac i ble rwyt ti'n mynd?' Mae Mam yn y llaeth-dy yn paratoi ar gyfer corddi. Mae hi eisoes wedi arllwys yr hufen i'r fuddai. Mae Griffith John yn eistedd ar 'i bot yn y gegin, yn ddryfls i gyd, fel arfer.

'Ma' Edith, Maud a finnau'n mynd i'r allt i hela llusiau duon bach . . . i Miss Prydderch rŷn ni'n mynd i'w hela nhw . . .' rwy'n ychwanegu'n frysiog wrth ddeall fod Mam yn mynd i wrth-wynebu. 'Mi gwelson' ni hi ar y ffordd lan ac mi ofynnodd i fi hela llusiau iddi—i neud tarten a jam i chi . . .'

'O . . . o'r gorau . . . ond mae'n rhaid i ti helpu gyda'r corddi'n gynta — mae 'mrest i'n dynn iawn ar y gwres 'ma. Mae Sam wedi mynd i Pant-yr-hwch gyda Dad i helpu nhw gyda'r gwair. Os gallan nhw gywen y prynhawn 'ma, mi fydd Dad yn cael menthyg y ceffyl a'r mashîn i ladd i ni wedyn.'

Rwy'n mynd ma's i ddweud wrth y merched na fydda i ddim yn hir iawn. Mae Maud yn eistedd ar y garreg ar y clos ac Edith yn corneito yn iard y geir.

Rwy'n dechrau troi'r fuddai, a Mam yn troi bob yn ail â fi, ond mae 'i hana'l hi'n fyr iawn. Am amser, mae'r glàs bach yn nhalcen y fuddai'n wyn. Mae Mam yn 'yn siarso i i beidio â throi'r fuddai'n rhy gyflym, ond dyna'n gwmws beth rwy'n wneud, pan throith hi 'i chefen i fynd mla'n â'i thwt, er mwyn i'r menyn ddod yn gynt. Does dim glàs ym muddai Mang-gu, dim ond rhyw fath o rod y tu mewn iddi, ond mae'n hawdd dweud wrth sŵn yr hufen pan fydd ar droi'n fenyn. O'r diwedd, mae sŵn lwtsha yn dod o'r fuddai. 'Arafa dipyn nawr,' meddai Mam. 'Mae e ar ddod.'

O'r diwedd, mae Mam yn tynnu'r stoper ac mae llaeth enwyn yn llifo ma's i'r bwced mae hi'n ddal o dan y fuddai. Rwy'n galw ar Edith a Maud i ni gael basned yr un o laeth enwyn ac rŷn ni'n gadael Mam yn rhoi halen ar y menyn y mae hi wedi'i roi yn y twba, cyn ei ffurfio'n dalpau â'r prints pren.

Rŷn ni'n mynd, Edith, Maud a finnau, lan y fron, heibio i'r hen glos lle mae'r beudy, y stabal wag a'r das wair, drwy gae arall ac i mewn i'r allt. Dringo i'r allt. Cyn hir rŷn ni'n dod ar draws ambell i lwyn llusiau, ond does dim ffrwyth arno. Lan â ni, yn uwch ac yn uwch i'r allt. Mae'r llwyni'n tewhau a chyn hir rŷn ni'n cyrraedd llwyni sy'n pingo o ffrwythau.

Dechrau hel nawr. Mae Maud yn hela'r llusiau i'r llester enamel te-tramp ac yn 'i arllwys, ar ôl ei lenwi, i'r fasged sy gydag Edith. Rwy innau wedi gadael y stên yn Cnwcyrhedydd ac yn hela i fasged Miss Prydderch.

'Rwyt ti'n byta, Maud!' Mae Edith yn grac iawn.

'Dim ond ambell un.'

'Unwaith y dechreui di fyta, alli di ddim stopo.'

'Mae Esther yn byta.'

''I busnes hi yw hynny — a dim ond Miss Prydderch fydd yn godde.'

'Roedd Miss Prydderch wedi gofyn i ni i gyd hela iddi hi.' Rwy'n teimlo bod Edith yn annheg.

'O na, addawodd Maud ddim, na finnau chwaith, hela iddi hi. Hi addawodd i'w hunan!'

Rŷn ni'n pellhau oddi wrth ein gilydd wrth hel — yn bwrpasol i raddau er mwyn peidio â gwastraffu amser yn siarad. Rwy'n chwilio am lecyn heulog yn y coed. Dyna lle mae'r llusiau mwyaf a melysaf.

Rwy'n dod ar draws sgerbwd cadno. Mae'n drewi naw perth a chamfa. Rwy'n dal 'y nhrwyn ac yn symud lan ymhellach. Po bella lan yr a i, tewa i gyd yw'r llusiau, ac eisoes mae haen drwchus yn gorchuddio gwaelod y fasged.

O'r diwedd, rwy'n cyrraedd lle cymharol glir, lle mae lle gwag rhwng y llwyni. A dyna lle rwy'n eu gweld nhw — Martha Brynhawddgar a Jac Rhydargaeau. Mae teimlad od yn dod drosto i — fel pe bai rhywun wedi dweud stori arswyd wrtho i, ond stori sy'n gwneud i fi deimlo'n euog hefyd. Mae fel pe bai mai fi sydd, rywffordd neu'i gilydd, yn gyfrifol am beth sy'n digwydd o flaen 'yn llygaid i, ac y bydda i'n cael 'y nghosbi am yr hyn a welais i. Rwy'n troi'n ôl ac yn mynd i chwilio am y merched.

Rwy'n dod o hyd i'r ddwy yn eistedd ynghanol y llwyni, yn bwyta'u cinio.

'Wedi byta dy docyn, wyt ti?' mae Maud yn gofyn.

'Wel ro'dd e o'r ffordd yn y fasged. Mi bwytes i fe i ga'l lle i'r llusiau.'

Mae'r ddwy'n edrych yn 'y masged i.

'Hy, mi allet ti fod wedi gadel y tocyn yn iawn o ran y llusiau rwyt ti wedi'u crynhoi — mae digon o le yn y fasged!' mae Edith yn bipsan.

Mae Maud yn chwerthin. 'Ond mae wedi cryn-hoi digon i wneud poted bach *bach* o jam a tharten fach *fach*!'

'Edrych faint rŷn ni wedi gasglu!' Mae Edith yn dal y fasged hanner llawn o'm blaen. Rwy'n teimlo fod y ddwy'n f'erbyn i.

'Ie — ond welsoch chi ddim beth weles i!' Rwy'n sythu'n bwysig.

'Beth welest ti, te?'

'Mi weles i gadno wedi trygo — ac ro'dd e'n fyw o gynron!'

'Dyw hynna ddim yn newydd — rwy i wedi gweld cannoedd o gadnoed wedi trygo!' Mae Edith yn sgronc iawn.

'Nid dyna'r unig beth weles i.' Does dim un o'r merched yn dangos llawer o gywreinrwydd.

'Mi weles i Martha Brynhawddgar.'

'Wel, beth sy mor od amboitu 'ny?'

'A Jac Rhydargaeau . . .'

'Mi 'u gweles innau nhw hefyd — lawer gwaith.'

'Ond ddim yn gwneud beth weles *i* nhw'n neud!'

'Crynhoi llusiau duon bach o'n nhw debyg iawn — mae Martha'n gliper meddai Mam — dyw deg pownd mewn dwarnod yn ddim byd iddi . . .' Mae Maud yn dechrau colli diddordeb.

'Ro'n nhw'n *beichiogi*!'

Mi wyddwn i o'r gorau y byddai'r gair yn rhoi taw ar y ddwy.

Gair yr Ysgol Sul yw 'beichiogi' a chlywais i neb yn dweud y gair yn unman arall. Ond pan ddown ni ar draws y gair yn yr eglwys, rŷn ni'n cael ffitiau o chwerthin, ac mae'n anodd i Miss Preis fynd mla'n â'r wers. Rŷn ni'n gofyn iddi dro ar ôl tro beth yw ystyr y gair, jest er mwyn cael ei gweld hi'n ffwndro am eiriau, a dim ond pan ddywedith hi, 'Gwell i chi ofyn i'ch mam,' mae'n cael llonydd i fynd ymlaen â'r wers.

Maud yw'r cyntaf i ddod o hyd i eiriau.

'Sut y gwyddost ti? Welest ti neb yn . . . yn . . . beichiogi o'r bla'n?'

'Wel . . . naddo . . . ond 'rwy'n gwbod mai dyna o'n nhw'n neud . . .'

Mae Edith yn gweiddi. 'Dwy ddim yn 'i chredu hi! Rhaffo celwyddau mai hi — jest achos yn bod ni wedi hel mwy o lusiau na hi!'

'Ond . . . ond . . . ro'dd 'i nicers hi lawr . . . ac ro'dd e'n gorwedd ar 'i phen hi . . .' Mae llygaid y ddwy'n grynion.

'Mae Mang-gu'n gweud bod Martha'n byw ar 'i thrêd.'

Clywed Mang-gu'n dweud y geiriau hyn wnes i ryw fore wrth un o'r cymdogion a oedd wedi dod i hôl dŵr o'r plwmp. Eistedd ar goffor bwyd y creaduriaid yn y sied oeddwn i, yn darllen y Seren Fore. Roedd Mang-gu 'wedi gostwng ei llais, a dyma fi yn peidio â darllen a gwrando'n astud drwy'r drws agored. Mi fydda bob amser yn gwrando'n astud pan fydd Mang-gu'n gostwng 'i llais.

Does genny ddim syniad o gwbwl beth yw ystyr y geiriau ond mae rhyw lewych wedi dod o rywle, ac rwy'n synhwyro nawr bod a wnelo nhw rywbeth â'r hyn a welais i Martha'n wneud heddiw. Rwy'n gwybod bod y merched yn disgwyl esboniad, ond rwy'n cymryd arnaf mod i'n meddwl nad oes angen un, ac nid yw un o'r ddwy eisiau dangos ei hanwybodaeth.

Mae ennyd o ddistawrwydd.

'Mae Meri Lisi ni wedi dechre dod i'w lle!' Mae Maud yn taflu'r geiriau ma's yn bwysig.

'Y . . . fuodd hi ma's o'i lle, te?' Mae Maud yn edrych yn ffug-dosturiol arna i.

'Ma' pob merch yn dechre dod i'w lle pan fo hi ambwti'r douddeg y dwpsen â ti!'

Dwy naws callach ac rwy'n gweld nad yw Edith chwaith.

'Mae pob merch yn dechre dod i'w lle tua'r douddeg o'd, ac mae'n dod i'w lle bob mis wedyn, tra bo hi byw.'

'Mae'n mynd i wasanaethu, ti'n feddwl, fel morwm . . .' Rwy wedi clywed digon gyda Mang-gu am forynion yn newid 'u lle C'langaea.

'Nage . . . nage . . . nid dim ond morynion, ond pob merch a menyw — y Frenhines, Mrs. Doctor Morgan, Meri Lisi ni — pawb! Ninnau hefyd pan ddown ni'n ddigon hen . . . ac mae e'n rhwbeth i neud â cha'l babis, achos mi glywes i Mam yn gweud wrth Meri Lisi, "Cofia di o hyn ma's, cadwa di bant oddi wrth fechgyn neu mi alli di ga'l babi a phaid ti â golchi dy wallt chwaith pan fyddi di'n dod i dy le neu mi gei di fabi'n strêt awê . . ."'

Mae Edith a fi'n gwrando'n astud.

'Beth sy'n digwydd pan fyddi di'n dod i dy le?' Edith sy'n gofyn, ond rwy inne hefyd yn ysu o eisiau gwybod.

'Y . . . beth sy'n digwydd? Wel . . . y . . . dwy ddim fod i weud wrthoch chi, rhag ofan i ryw fachgen ddod i wbod . . . a do's dim un bachgen na dyn *yn y byd* yn gwbod amboitu merched yn dod i'w lle. A peidied dim un ohonoch chi'ch dwy â gweud gair wrth ych brodyr . . . nag wrth unrhyw ddyn . . . byth bythoedd . . .'

'Hy! Dwyt ti ddim yn gwbod beth sy'n digwydd!'

Edith sy'n dweud, ond rwy innau hefyd yn meddwl.

'Odw, te! Ond mi ddwedodd Meri Lisi wrtho i am beido â gweud wrthoch chi . . . rych chi'n rhy ifanc . . .'

'Rŷn ni bron cyn hyned â ti!' Rwy'n dechrau colli diddordeb yn y siarad. 'Hei, drychwch, beth yw hwn?' Rwy newydd weld rhyw fath o fag bach clai yn hongian ar goeden yn ymyl y llecyn heulog. Mae Edith a Maud yn codi ac yn closio ato fe.

'Wel, dyna beth od, weles i erio'd beth tebyg o'r bla'n . . .' Mae Edith yn torri brigyn o'r goeden ac yn dechrau procio'r bag.

Ac mae beth ddigwyddodd wedyn yn debyg iawn i hanes bocs Pandora y bûm i'n darllen amdano yn yr ysgol. Mae cannoedd ar gannoedd o bicwns yn ymddangos ac yn hedfan o'n hamgylch, gan sïo'n grac iawn. Does dim un ohonom ni'n tair yn dweud gair, ond rŷn ni'n rhedeg ac yn rhedeg ond mae'n amlwg bod y picwns yn gyflymach na ni. Fi sydd ar y blaen ac mae rhywbeth yn dweud wrthyf am newid 'y nghyfeiriad, nid unwaith na dwywaith, ond ddegau o weithiau, o amgylch y coed, draw ac i lawr eto. Mae'r ddwy arall yn 'y nilyn i. Mae'n anodd rhedeg ymysg y coed, a mwy nag unwaith rŷn ni'n cwympo.

Ond mae sïo'r picwns yn pellhau, ac o'r diwedd rwy'n magu digon o hyder i arafu ac i sylweddoli ei fod wedi peidio, a bod dim sôn am y picwns. Rŷn ni wedi cyrraedd gwaelod yr allt. Rwy'n rhedeg at goeden ac yn ei chofleidio. Mae'i rhisgl yn llyfn ac yn esmwyth ac yn gysurol o dan fy moch. Mae gwartheg Bla'n-ma's yn pori'n hamddenol yn y cae islaw'r llwybyr sy'n rhedeg gydag ymyl yr allt.

Rŷn ni'n tair yn ymladd i gael ein gwynt 'nôl. Mae basged Miss Prydderch o hyd yn dynn yn 'yn llaw i, ond mae llawer llai o lusiau ynddi nag oedd ar y dechrau.

'Ble mae'ch basged chi, ferched?' Mae'r llestr te-tramp o hyd yn llaw Maud, ond mae Edith yn waglaw ac mae crafiadau ar freichiau a choesau y tair ohonon. Mae ffroc Maud wedi rhwygo.

'Ble rwyt ti'n feddwl y mae hi? Allen ni ddim rhedeg a chario clorwth o fasged run pryd! Ta beth, ro'dd y llusiau wedi cwympo ma's ohoni . . .' Mae wep Edith yn isel iawn. 'Ac mi caf i hi gyda Mam!'

Ond dyw Maud a fi ddim yn fodlon troi nôl i edrych am y fasged. 'Do's dim llawer o syniad gyda ti ble gadawest ti hi, o's e?' Mae mola i yn galw ers amser.

'Ac mi fydd hi'n dachre tywyllu cyn bo hir . . . a'r cadnoed yn dod ma's yn yr allt.'

Rwy'n gwybod nad oes dim mwy o ofan y cadnoed ar Maud nag sy arnom ninnau.

'Beth wedith Miss Prydderch pan welith hi mor chydig o lusiau rŷn ni wedi gasglu?'

Rŷn ni wedi cyrraedd y clos ucha erbyn hyn. Mae crugyn bach o dywod wrth ddrws agored y stabal segur. Mae wedi bod yno ers hydoedd — er i Dad fod yn c'wyro post yr iet. Mae Maud yn sefyll yn stond.

'Dere weld y fasged 'na i fi!'

Cyn pen chwinciad, mae wedi cydio yn y papur sydd ar waelod y fasged, ynghyd â'r ychydig tila o lusiau sydd ynddi, wedi rholio'r papur yn rhyw fath o dwndis ac wedi arllwys y llusiau i'r llester te-tramp. Wedyn, mae'n gwastatu'r papur a'i roi nôl ar waelod y fasged. Mynd at y crugyn tywod wedyn, a rhoi tri neu bedwar dyrnaid o dywod yng ngwaelod y fasged a'i wastatu. Yn olaf, mae'n arllwys y llusiau o'r llester te-tramp ar wyneb y tywod. Mae'r fasged yn rhyw chwarter llawn nawr — o lusiau yn ôl pob ymddangosiad.

'Dyna ti—mae digon i neud tarten manna, a photed bach neu ddou o jam.'

'Ond . . . ond . . . mi fydd hi'n ffeindio ma's . . .'

'Bydd . . . ond mi fyddi di wedi codi dy gwt erbyn hynny — dwyt ti ddim yn meddwl cysgu yn Cnwcyrhedydd heno, wyt ti?'

'Na . . . rwy'n dod nôl i Bwlchcerdinen.' Dim ond hanner milltir o ffordd sydd rhwng Cnwcyrhedydd a Bwlchcerdinen, ond dwy ddim eisiau dadlau.

'Mi awn ni i lawr i Lwynderw drwy'r caeau, te, rhag ofan i Mam fynd i edrych y fasged yn rhy fanol.'

Yn lle troi am y fron lawr am tŷ ni, rŷn ni'n mynd lan dipyn ymhellach ar y lôn ac wedyn troi, drwy'r cae mangyls, ac i lawr y fron bella i'r gât sy'n arwain at gefen Llwynderw. Mae Miss Prydderch yn falch iawn ar y llusiau. Ond rŷn ni'n tair yn gwrthod pishyn o'r gacen gyrens. 'Mae'n mamau'n ein disgwl ni.'

Ar ôl dod ma's o Lwynderw, mae hiraeth yn codi arna i am Gnwcyrhedydd. 'Wela i chi nes mla'n — neu fory falle.'

Ar y clos, yng Nghwncyrhedydd mae giâr yn clwcian yn uwch nag arfer wrth gysgodi'i chywion o dan 'i hadenydd. Rwy'n edrych lan ac yn gweld curyll yn araf droi yn yr awyr. Mae'r curyllod yn bla, a Mam wedi colli llawer o gywion.

Yn y tŷ, maen nhw'n eistedd lawr i fwyta pryd o dato rhost. Mae Mam wedi codi clawr y ffwrn haearn sy'n hongian uwchben y tân, ac wrthi'n codi'r sleisus o gig mochyn oddi ar wyneb y tato i blatiau. Rwy'n rhoi tomato sôs ar y plated o dato crofennog y mae'n rhoi o 'mlaen i.

Wedyn, rwy'n mynd ma's i rodianna o amgylch y tŷ. Wrth ddringo'r sycamorwydden wrth ymyl y twlc, rwy'n gweld Miss Prydderch yn camu dros sticil Ca' Dderwen. Does dim parasol yn 'i llaw hi. Does dim byd yn ei llaw hi. Mae'n cerdded yn rhy bwrpasol i allu bod yn cario dim.

Rwy'n rhuthro nôl i'r tŷ. 'Rwy'n credu yr a i nawr, Mam!' Ac rwy'n rhedeg i gyfeiriad bwlch yr hewl, mewn pryd i weld Miss Prydderch yn troi gyda thalcen ein tŷ ni.

Dyw Mang-gu ddim yn blês o gwbwl—pan welith hi'r drefen sy arna i. Ond mae'n peidio â difrïo'n ddisymwth wrth i fi sôn am y picwns.

'Mi dorroch chi nyth y picwns. Peth annoeth iawn i'w wneud o'dd hynny . . .' Mae'n edrych yn ddifrifol. 'Rhaid parchu pob math o wenyn bob amser.'

Eistedd wrth y ford fach y mae hi, yn cael te a bara menyn. Mae'n codi i nôl cwpan-a-soser i finnau hefyd, ac i dynnu poted o shicin-an-ham pêst o'r cwpwrdd.

'Mi stopodd Miss Prydderch ni ar y ffordd i'r allt, Mang-gu. Ro'dd hi isie i ni hela llusiau iddi hithau hefyd — dyna pam nad o's gyda fi ddim i chi.'

'O, fentra i hi! Mi fyddai teyrnas yn rhy fach i honna a'i chomandiwau! Y ddrewen, gachbren geir â hi.'

Mae Mang-gu'n rhyddhau sêl y poted pêst â blaen y gyllell fara.

★   ★   ★   ★

Mae 'nant i wedi bod yn gwynio drwy'r nos. 'Wa'th i ti heb â godde rhagor,' mynte Mang-gu. 'Dim ond un peth sy i neud â dant sy'n gwynio, sef i dynnu e!' Mae'n agor drâr y dreser ac yn cymryd arian o gornel y drâr. 'Hwre, dyma swllt a dwy i ti — dere â phacyn o hade persli i fi hefyd. Os brysi di mi ddali di Morgans Dentist cyn 'ddo fe fynd i Fart Ca'fyrdding.'

Mae gwraig y dentist yn glanhau'r plât efydd â'r geiriau 'David Morgans Dentist' arno fe, felly does dim angen i fi ganu'r gloch ac rwy'n camu i mewn i'r parlwr. Mae Mr. Morgans yn brysur yn paco hadau i gês gweddol o faint — hadau blodau a hadau llysiau. Mae bocsus yn llawn o hadau wedi'u staco o amgylch y stafell ac ar ben un peil o focsus mae het Mrs. Morgans. Mae blodau pert o bob lliw arni. Rwy'n meddwl tybed a yw Mr. Morgans yn mynd â'r het gydag e i'r mart a'i rhoi ar y stondin er mwyn temtio pobl i brynu hadau blodau.

'Wel Esther fach, Mang-gu ise hade ife?'

'Pacyn o hadau persli plîs.' Nawr, a mod i yn mharlwr y dentist, mae ofan arna i. Mae'r dant wedi peidio â gwynio — falle bod dim angen ei dynnu o gwbwl. Dyma'r tro cynta i ddentist dynnu dant i fi. Hyd yma, Sam sy wedi tynnu 'nannedd i, drwy glymu un pen o ddarn o edau yn y dant sy'n siglo, a'r pen arall wrth gliced y drws a wedyn cau'r drws. Ches i erioed ddolur wrth i'r dant ddod ma's a doedd dim ofan arna i ddod at Mr. Morgans. Ddim hyd nawr.

'Dyma ni te, Esther!' Mae'n 'mestyn yr hadau i fi a rwy innau'n agor 'y nwrn lle mae'r swllt a dwy.

'*Un* paced o hadau o'dd Mang-gu eisiau . . . ife?' Mae e wedi cymryd y ddwy geiniog ond mae'n edrych yn amheus ar y swllt sydd ar ôl.

'Y . . . ie . . . a tynnu dant hefyd,' rwy'n ychwanegu'n frysiog, 'ond mae e wedi peidio gwynio nawr.' Rwy'n closio at y drws.

'O . . . tynnu dant . . . gadewch i mi weld . . .' Mae'n cydio yn 'y ngên i fel pe bai hi'n latsh drws ac yn edrych mewn i 'ngheg i, sydd wedi agor ohono'i hun.

'H . . . m.' Mae Mr. Morgans yn tynnu'i watsh ma's o boced 'i wasgod. 'Rwy'n credu y galla i dynnu hwnna cyn daw'r bỳs.'

'Does dim brys Mr. Morgans . . . wir . . .' Ond dyw'r dentist ddim yn 'y nghlywed i. Mae'n rhoi stôl gefen uchel ar ganol y llawr i wynebu'r ffenest ac yn gorchymyn i fi eistedd arni. Wedyn mae'n gweiddi 'Misus!' ar dop ei lais.

Mae Mrs. Morgans yn dod â glased o ddŵr a'i roi ar y ford. Mae Mr. Morgans yn mynd i'r cwprwdd glàs lle mae'n cadw llyfrau a mwy nag un pinshwrn. Drwy'r amser mae'n siarad â fi. 'Wel Esther fach, mi ddaw'n amser nofio 'to cyn hir.'

Yn ogystal â bod yn ddentist a gwerthwr hadau, Mr. Morgans sy'n dysgu plant y pentre i nofio, ac mae gyda ni olwg fawr arno fe. Bob gwyliau haf mi fydd e'n cerdded ar hyd y relwe tuag at Bwll yr Ynys a bron pob plentyn yn y pentre yn ei ddilyn, pob un â'i dywel a'i siwt nofio dan ei fraich. Mae saith o fechgyn gydag e'i hunan. Fyddan nhw i gyd ddim gyda ni bob amser, ond mae'r rhai fydd yno yn sefyll mewn cylch o amgylch y pwll rhag ofn yr eith un ohonon ni ma's o dyfnder. Cheith neb fynd yn agos i'r pwll os na fydd Mr. Morgans yna hefyd, a fe ddysgodd Sam a Griffith John i nofio a llawer eraill gyda nhw.

'Mi fydd yn rhaid bwrw ati leni nawr, Esther, i chithe gael dysgu nofio hefyd. Thâl hi ddim i'ch brawd bach eich curo chi!'

Mae e'n dod i sefyll tu ôl i fi wrth siarad, a'r funud nesaf rwy'n clywed y bigiad fwyaf ofnadwy yn 'y nant. Mae Mr. Morgans yn gweiddi 'Oswald!' ar dop ei lais ac mae'r mab hyna'n ymddangos. Mae'n gwisgo coler rownd achos 'i fod e newydd gael 'i wneud yn giwrad Pen-rhos. Does dim angen i Mr. Morgans ddweud wrtho beth i'w wneud. Mae'n sefyll y tu ôl i fi ac yn gafael yn 'y mhen. Mae fel pe bai feis o amgylch 'y nghlustiau.

Am amser hir iawn mae Oswald yn dal yn dynn a Mr. Morgans yn tynnu. Mae'r boen yn annioddefol. O'r diwedd rwy'n clywed gwreidd-iau'r dant yn symud ac mae Mr. Morgans yn ysgwyd y pinswrn o 'mlaen i, â'r dant ynddo fe.

'Dyna ni Esther — y cwbwl drosodd!' Mae Mrs. Morgans yn dal padell enamel i fi gael poeri a swilo 'ngheg. Wedyn mae Mr. Morgans yn rhoi'r dant mewn darn o wadin a'i roi i fi.

Tu fa's i'r drws mae'r bỳs wedi aros. Mae Mr. Morgans yn mynd iddo fe. 'Odi chi wedi bod yn aros yn hir?' rwy'n ei glywed yn gofyn i'r dreifar.

'Na . . . dim ond rhyw ddeng munud,' mae'r dreifar yn ateb.

A phwy sy'n neidio ma's o'r bỳs a'i gynffon e'n mynd fel melin bapur ond Lark, ein ci ni. Mi fydd e'n amal yn aros i'r bỳs ar ben hewl Cnwc-yrhedydd a'r dreifar yn gadael iddo fe ddod mewn. Mi fydd e'n disgyn ar y Sgwâr Top ac yn mynd am dro o amgylch y pentre. Mi fydd yn dod nôl ar y bỳs hefyd weithiau ond ran amla cerdded nôl fydd e'n wneud.

Rŷn ni'n dau yn falch iawn o weld ein gilydd. Mae Mang-gu yn rhoi asgwrn i Lark. Wedyn mae Lark yn eistedd o 'mlaen i â golwg ddis-gwylgar arno fe.

'Rwy'n credu bod Lark ise mynd adre, Mang-gu.'

'Wel, does neb yn i hadel e.'

'Rwy'n credu 'i fod e ise i fi fynd ag e adre . . .'

91

'Mae'n ddigon cyfarwydd â mynd adre 'i hunan.'

Mae hiraeth arna i am Gnwcyrhedydd ac am weld Mam a Dad a Sam a Griffith John.

'Rwy'n credu falle yr a i gydag e.'

'Ond pam? Ei di ddim i'r ysgol heddi ragor.'

Mae Lark yn llïo'r cwt sy gyda fi ar 'y mhen-lin. Fe sy'n gwella pob cwt i fi bob amser. Mi fyddai'n dda gen i pe bai fe'n gallu gwella'r poen sy yn y gwagle lle bu'r dant.

'O wel . . . gwell i ti fynd te . . .' Dyw Mang-gu ddim yn blês iawn. 'Ond rho'r sgarff ma am dy ben rhag ofan i ti gael annwyd ar ôl tynnu'r dant 'na.'

Ar y ffordd, rwy'n tynnu'r dant allan o'r wadin ac yn rhoi mys yn y man pwdwr sy ynddo fe. Rwy'n ei wasgu fe ac yn ei grafu fe heb deimlo unrhyw boen. *Fi* sy'n gallu gwneud fel y mynna i ag *e* nawr. Mi fuodd yn fistir arna i am ddigon hir.

Rwy'n cyfarfod â dau dramp ar y ffordd. Mae un yn mynd heibio heb edrych arna i. Mae'r llall yn eistedd ym môn y clawdd yn ymyl Sticil Ca' Llwybrau. Mae'n yfed te ma's o'i lester enamel ac yn bwyta bara menyn. Wedi bod yn begian yn tŷ ni mae e achos rwy'n nabod y grofen ar y bara mae Mam yn ei grasu — crofen felyngoch. Mae'r tramp 'ma yn weddol deidi ac mae e'n gwenu arna i wrth fynd heibio. Nid tramp reit yw e ond colier o'r Sowth sy ma's o waith. Mae llawer o'r rhain yn galw yn tŷ ni i fegian. Weithiau mi fyddan nhw'n drŵp gyda'i gilydd.

Mae Miss Prydderch yn tŷ ni. Mae'n eistedd ar ymyl stôl fowr Dad yn siarad â Mam. Mae menyg cid am ei dwylo hi a photed bach o jam ar y ford. 'Wel Esther fach,' mynte hi.

Ac yn sydyn rwy'n torri ma's i lefen. Alla i ddim dweud llawer ond rwy'n dangos y dant yn y wadin iddi hi a Mam. Alla i ddim peidio â llefen er nad oes dim poen arna i nawr. Rwy'n llefen a llefen.

'Druan fach — y cocaine sy wedi'i hypseto hi, siŵr o fod,' mynte Miss Prydderch wrth Mam. 'Rhowch hi yn y gwely ar unwaith.'

Rwy'n sefyll ar y clos. Yn f'ymysgaroedd mae nadredd trymion yn cordeddu. Mae Mam, Dad a Cled Saer yn cario dŵr i'r pair yn yr Hen Dŷ.

'Mam, ga i nôl burum i chi o'r Blue Belle?'

'Na chei, wir! Pwy grasu bara wna i ar ddwarnod lladd mochyn?'

Mae Dad yn rhoi matsen yn y brigau yng ngwaelod y pair. 'Rwy'n siŵr bod rhywbeth i ti wneud yn y tŷ.' Mae'i lais e dipyn yn dynerach nag un Mam.

'Ga i fynd lawr i Bwlchcerdinen, te?'

'Sawl gwaith sy'n rhaid gweud wrthot ti! D'os neb gartre 'co!' Mae Mam wedi colli'i hamynedd. 'A phaid â chico bla'n dy sgidie felna! Berwa'r tegil i Jones y Bwtshwr ga'l cwpaned o de pan gyrhaeddith e.'

93

Rwy'n mynd i'r tŷ, yn codi'r tegil o'r pentan a'i roi ar y tân. Mae'n dechrau canu, ac rwy'n 'i godi i'r linc uchaf.

Mae Lark yn cyfarth, ac rwy'n gwybod cyn mynd i'r drws mai Jones y Bwtshwr sy 'na. Mae wedi disgyn o'i feic, ac mae'n 'i hwpo lan y rhipyn tuag at y clos. Ar un ochor iddo, mae'r clawdd bydleia. Mae'r nadredd yn 'y mola yn ymladd â'i gilydd yn ffyrnig.

Rwy'n taflu hud ar y clawdd bydleia, fel y darllenais i am wrach yn hudo. Yn sydyn, mae blodau porffor, pigfain yn neidio o'r clawdd ac yn sefyll yn ffordd cyrn beic Jones y Bwtshwr.

'Myn diawl i!' Mae mwstash cringoch y bwtshwr yn closio at 'i drwyn mewn syndod. 'Allwch chi ddim lladd mochyn heddi! Mis Mehefin yw hi, a does dim "r" yn y mis!'

Ond mae Lark yn rhuthro at y beic ac mae'r hud yn diflannu.

'Bore da, bawb!' Mae Jones yn tynnu'i fag oddi ar 'i gefen. Yn hwn mae'r gylleth. Mae'r nadredd wedi gadael 'y mola i er mwyn torchi'n dynn am dop 'y nghoesau i.

'Cwpaned o de cyn dechrau, Jones?'

'Na, mi awn ni mla'n â'r gwaith. Ma' Ma's Canol yn lladd heddi hefyd.'

Maen nhw'n mynd yn drŵp at y twlc. Dad sy'n cario'r rhaff a fe sy'n agor drws y twlc. Mae'r mochyn yn cael 'i arwain ma's.

Mi licwn i ddianc i'r tŷ, ond mae'r nadredd wedi malu esgyrn 'y nghoesau i.

Mi licwn i gau'n llygaid, ond mae'r gylleth wedi 'u hudo nhw â'i gloywder, ac alla i ddim 'u cau nhw na hyd yn oed 'u clapo nhw. Mae'r gyllell yn llamu o law Jones ac i dagell y mochyn.

Y Sgrech sy'n torri'r hud. Rwy'n troi ar 'yn sawdl, yn rhuthro i'r tŷ a lan y steiriau.

Ond mae'r mochyn wedi danfon y Sgrech i 'nilyn i.

Pwno 'mhen i'r glustog, tynnu dillad y gwely dros 'y mhen. Ond mae'r Sgrech yn glynu.

—*Prynhawn o Awst. Ti ar y swing a oedd yn sownd wrth un o ganghennau'r Hen Dderwen. Minnau'n hel mes ar y llawr. Cysgodion y dail yn frith yn y borfa—*

—Minnau'n ymestyn 'y nghoesau a phwyntio bysedd 'y nhraed i sbarduno'r swing i fynd yn uwch ac yn uwch—

—*Honno'n gwegian ei phrotest. Y cloddiau'n gweiddi addewidion am gnau a mwyar ma's o law—*

—Arafu . . . arafu . . . ac o'r diwedd gallu defnyddio nhraed fel brêc i aros a disgyn o'r siglen. Ac yno roeddet ti—

—*Y fodrwy yn 'y nhrwyn yn ddim rhwystr i fi hel y mes—*

—Mi sefaist ti am ennyd ac edrych i fyw 'yn llygaid i â'th lygaid bychain dithau . . . wedyn mi roist ti roch fach . . .

—*Ni'n dau'n cyfarch ein gilydd o'n paradwysau bach—*

95

—Y weithred honno a'r foment honno yn ein gwneud ni'n gymrodyr am byth—

—*Pam na chipiaist ti mo'r gylleth o ddwylo brwnt Jones y Bwtshwr? Rwyt ti wedi fy mradychu i . . . fy mradychu i . . .*

Dim enaid byw yn y gegin ond yn yr Hen Dŷ mae rhialtwch.

Y mochyn yn stiff ar styllen. Dad, Mam, Sam, Cled Saer a Griffith John yn crafu'r blew garw, clawr stên yn llaw pob un. Y croen a grafwyd yn debyg i gern Dad, reit ar ôl iddo fe siafo. Gwaed yn diferu o'r rhac yng ngwddwg y mochyn.

'Wel, Esther fach, ma' argo'l da am ffagots 'ma heno!' Cled Saer yw'r unig un sy'n gneud sylw ohono i.

Cripio nôl i'r gegin. Mam yn 'y nilyn ac yn 'yn hala i ar neges. Pan ddo i nôl mae'r mochyn yn hongian gerfydd ei draed yn y pasej, y rhac nawr yn ymestyn o'i wddwg i'w gynffon, a phadell enamel yn dal y gwaed sy'n diferu o'i geg.

Heno, rwy'n ffaelu â chysgu. Rwy'n swatio yn 'y ngwâl nes bod pob prysurdeb wedi peidio a phawb wedi mynd i'r gwely.

Ond ar y distawrwydd, pan ddaw, mae staen y Sgrech.

★   ★   ★   ★

Tachwedd yr unfed ar ddeg yw hi heddiw ac ymhobman maen nhw'n dathlu'r Cadoediad. Mae Sam a fi a Griffith John yn gwisgo popi bob un i fynd i'r ysgol. Miss Jones Ficrej fuodd rownd â'r popis yn Bwlchcerdinen ac mi goston nhw geiniog yr un. Mi fyddwn i wedi hoffi cael un tair ceiniog â deilen fach werdd yn sownd wrtho fe. Roedd rhai hyd yn oed yn fwy na hynny i'w cael — rhai mawr sidanaidd yn costi swllt.

Dŷn ni ddim yn cael stori o'r Beibl na sgwrs heddi ac yn syth ar ôl Ein Tad rŷn ni'n codi ac yn mynd i'r Rŵm Fowr. Mae Mistir yn dechrau sôn am yr Hyfel.

'Fuoch chi yn yr hyfel, Syr?' mae Jac Glanllyn yn gofyn.

'Mi fuodd Dad yn yr hyfel — ac mi ga'th e 'i glwyfo!' Dyw Sam ddim yn aros i Mistir gael ateb cwestiwn Jac.

'Do, mi fues i ac mi fuodd tad Sam. Fuodd tad rhywun arall?'

Mae Griffith John a fi yn rhoi'n dwylo lan. Mae Mistir yn gwenu ond dyw e ddim yn dweud dim. 'Fi a thad Sam ac Esther a Griffith John yw'r unig rai te.'

'Ro'dd tadau pawb arall gartre yn gweithio ar y ffermydd syr!' Dyw Denzil ddim yn lico bod Dad yn yr un man â Mistir.

'Wel oedden, siŵr iawn, ro'dd yn rhaid i rywrai godi bwyd, ond o'dd e?' Dyw Mistir ddim ise digio Denzil.

'Mi 'nillodd Dad yr Em Em!' Alla i ddim bod yn ddistaw rhagor.

'Wel do, Esther! Wyddoch chi am beth?'

'Ro'dd pawb arall wedi rhedeg bant o'r frwydr ond ro'dd gormod o ofan ar Dad . . .'

Mae pawb yn chwerthin. Mae 'nghlustiau a'n ngwyneb i yn teimlo'n boeth iawn. Mae hyd yn oed Mistir yn gwenu.

'Ac achos bod gormod o ofan arno fe i symud, roedden nhw'n meddwl 'i fod e'n ddewr. Dyna beth rŷch chi'n dreio ddweud Esther?'

'Ie . . . syr . . .' Dyna beth mae Dad wedi'i ddweud wrth Sam a fi erioed pan fydda i'n gofyn iddo fe. Mae Sam yn grac iawn. Rwy'n siŵr y byddai fe wedi rhoi clowten i fi pe bai e'n eistedd yn nes ata i.

'Falle galle Sam ein goleuo ni.' Mae Mistir yn edrych ar Sam.

'Wel . . . y . . . syr . . . roedd e'n ymladd yn erbyn y Tyrcs a . . . a . . .'

'Dych chi ddim yn gwybod dim mwy na'ch chwaer, odych chi Sam?' Mae Sam yn gwrthod cyfaddef na ŵyr e ddim.

'Wel, os na ddwedodd eich tad wrtho chi, ddweda i ddim. Mae rhai pobl o'dd yn yr un fataliwn ag e yn cered o gwmpas heddi — rhai ohonyn nhw ddim yn bell iawn o fan hyn — na fydden nhw ddim byw oni bai amdano fe.' Mae Mistir yn troi 'i ben i edrych ar y cloc ar y wal. Mae Miss yn rhoi ei phig mewn.

'Rwy'n cofio fel ddoe y dwarnod y torrodd 'rhyfel ma's. Rown ni a'n whiorydd wedi mynd i Aberystwyth gyda mam am y dydd. Ro'dd hi wedi bod yn ddwarnod anghyffredin o bo'th. Pan dda'th 'nhad i gwrdd â ni yn y stesion dyna'r newydd o'dd gydag e.' Rwy'n syllu ar Miss. Mae'n anodd gyda fi gredu bod tad wedi bod gyda hi erioed. Oedd hi wedi cael 'i chario adre ar 'i ysgwyddau fe y noson honno y torrodd yr hyfel ma's fel y bydd Dad yn rhoi cocyn coch i fi? Oedd e'n treio'i helpu hi gyda'i syms pan ddôi hi adre'n llefen o'r ysgol achos bod rhyw Fiss arall wedi rhoi clatshus iddi am fod yn dwp?

Ond mae Sam wedi dechrau siarad eto '. . . mi a'th bwlet drwy'i gorff e, gan whythu hanner 'i fys e bant a'i glwyfo fe yn 'i dro'd . . . ac ro'dd e'n gorwedd yn howld yr hospital ship heb allu symud llaw na thro'd pan dda'th y newydd bod sybmarin yn dilyn y llong.' Rwy'n gwybod y stori hon cystal â Sam achos yn amal iawn rŷn ni i gyd yn cael ein dihuno yn oriau mân y bore gyda Dad yn gweiddi nerth esgyrn ei ben 'Mae'r llong yn suddo — rwy'n boddi, rwy'n boddi!' Mi hoffwn i ddweud hyn wrth Mistir ond mae ofan arna i y bydd pawb yn chwerthin ar 'y mhen i eto. Rwy'n falch bod Sam yn cadw'n ddistaw amboitu hyn hefyd.

Mae Mistir yn sgrifennu'r geiriau 'Y Rhyfel Mawr 1914-1918' ar y bôrd ac mae'n sôn mai rhyfel i orffen pob rhyfel oedd y Rhyfel Mawr, ac mai ymladd er mwyn cael gwlad 'fit for heroes to live in' oedd y milwyr. Rwy wedi clywed Mam yn iwso'r geiriau Sysneg hyn wrth bod Dad yn mynd ma's o'r tŷ i bego ar ôl ca'l sac o'r gwaith, ac rwy'n 'i chofio hi'n 'u sgrifennu nhw unwaith hefyd mewn llythyr i Ledi'r plas pan oedd hi wedi cael bronceitus dair gwaith un gaea achos bod ein tŷ ni'n ddamp. Ond para i fod yn ddamp ma'r tŷ.

Mae Miss yn dweud bod pobol yn sôn ac yn paratoi am ryfel arall, ac na fydd neb yn saff yn honno achos mi fydd êroplens yn ein bomo ni i gyd.

Mae Arthur Pen-steps yn dweud mai bomo'r jyrmans fydd e'n wneud os daw rhyfel eto. Un bach o gorff yw Arthur ac wrth iddo siarad mae Mistir yn edrych arno fe â rhyw drueni mawr yn ei lygaid e. Ac yn sydyn, mae pawb yn mynd yn ddistaw ac rwy'n dychmygu bod y stafell yn tywyllu.

Wedyn rŷn ni i gyd yn mynd rownd y piano. Mae Mistir yn dweud wrthon ni am edrych ar y cloc ar y wal. Pan mae'r ddau fys ar un ar ddeg rŷn ni'n cau'n llygaid ac yn sefyll yn ddistaw am amser hir iawn nes bod Mistir yn dechrau canu'r piano a ninnau'n ymuno yn 'O God our help in ages past'.

Tawel yw Mang-gu pan gyrhaedda i Fwlch-cerdinen ar ôl 'rysgol.

'Fuoch chi yn y gwasanaeth wrth y moniw-ment, Mang-gu?'

Wn i ddim pam rwy'n gofyn — mae'n hawdd gweld 'i bod hi wedi bod yn rhywle heblaw yn nhŷ cymydog achos dyw hi ddim wedi rhoi'i chot ddu orau a'i het i gadw eto. Taro siôl ddu fawr dros 'i hysgwyddau fydd hi 'n wneud i fynd ar negeseuon cyffredin neu i ymweld â thai cymdogion, gan droi'r allwedd yng nghlo'r drws a'i gadael yno, fel arwydd na fydd hi ddim yn hir.

Wrth ddod i mewn i'r tŷ, mi clywn hi'n darllen yn uchel o'r Beibl Mawr, '. . . ond pan glywoch am ryfeloedd, a sôn am ryfeloedd, na chyffroer chwi, canys rhaid i hynny fod . . .' Mae'n tynnu'r sbectol ddur, gul oddi ar 'i llygaid ac yn eu rhoi nhw ar y Beibl agored, ar ôl tynnu'i llaw dros 'i llygaid yn frysiog.

Mae dau lythyr, yn eu plyg, yn gorwedd yn ymyl y Beibl. Mae un wedi bod yn y Beibl cyhyd nes ei fod e'n mynd nôl i'w blyg, bron ohono'i hunan.

'Pam nad oedd Wncwl Dan ddim ise neb ond chi i'w weld e yn yr hospital, Mang-gu?' Meddwl am y llythyr a sgrifennwyd yn ystod y Rhyfel Mawr wyf i. 'Please don't let my Brothers and my Sister come to see me. I shall esteem it a great Favour if you come Alone.'

Dyw Mang-gu ddim yn ateb y cwestiwn. 'Fuodd e fowr iawn byw wedi sgrifennu'r llythyr. Ro'dd twll yn 'i ochor e y gallwn i droi'n nwrn yndo fe.' Mi hoffwn i ofyn a dreiodd hi droi'i dwrn yn y twll. Yn lle hynny, rwy'n 'i thynnu i siarad am Wncwl Tom, ei brawd, a laddwyd yn Rhyfel Sowth Affrica. Oddi wrtho fe y mae'r llythyr arall — wedi'i sgrifennu mewn blacled piws. 'Annwyl Fam . . . bydd y llong yn gadael ymhen hanner awr, ac rwy'n anfon yr ychydig eiriau hyn gan obeithio eich bod yn iach . . .'

'Ro'dd eich mam siŵr o fod yn ypset pan ddoeth y newydd fod Wncwl Tom wedi'i ladd.'

'O'dd wir . . . 'i chrwt ioua hi wel'di . . . 'i phlentyn ioua hi . . .'

'O's mwy o olwg gyda'r fam ar 'i phlentyn ioua nag sy ganddi ar y plant erill, Mang-gu?'

'O, nag o's siŵr! Ma' mwy o amser gyda hi i roi maldod iddo fe, falle.'

'Yn enwedig os mai crwt yw e, ife Mang-gu?'

'Wn i ddim am hynny, ond mae pawb yn dymuno cael un crwt.'

Mae'r siarad yn peidio, a Mang-gu'n cau'r Beibl a mynd i roi bwyd i'r mochyn.

Rwy innau'n mynd i'r parlwr.

★ ★ ★ ★

Yn nrâr y leimpres rwy wedi cwato tair dol seliw-loid. Dwy geiniog yr un goston nhw, ac mi prynais nhw yn Siop Dot â'r pishyn chwech ges i gan Wncwl 'Beneser pan alwodd hwnnw ym Mwlchcerdinen. Ar ddwy o'r doliau rwy wedi sticio sticin-plaster fel trowsusau. Ond rwy wedi gwisgo'r llall yn y macyn lês ddaeth Santa Clos i fi llynedd — wedi lapio'r macyn rownd 'i phen hi, ac esgus bod gwallt gyda hi o dan y macyn. Wedyn, rhoi ryber band a ffeindiais i ar yr hewl rownd a rownd gwddwg y ddol i gadw'r macyn yn 'i le. Mae'r gweddill o'r macyn yn pletio'n bert iawn o amgylch y ddol, fel ffroc hir. Arabela yw enw'r ddol yma. Eic ac Ifan Tom yw enwau'r bechgyn. Rwy'n rhoi Eic ac Ifan Tom ar eu heis-tedd ar y cloth plysh coch sydd ar y ford — un i bwyso yn erbyn Queen Victoria a'r llall yn erbyn Taith y Pererin. Ond rwy'n magu Arabela drwy'r amser rwy'n siarad ag Anti Peg.

102

'O, do, mi ges i ffwdan gyda Eic — rodd e miwn i bopeth ac yn sgrechen drwy'r amser. Ond ro'dd e'n frenin wrth Ifan Tom — fe yw'r plentyn canol, chi'n gwbod. Ro'dd hwnnw ar y dditi nes 'i fod e'n bymtheg mis — wir mi fuodd e jest â'n lladd i! Ac mi ga'th e fynd i'r ysgol o'r ffordd whap gyda'i fod e'n dair — ro'dd e wedi dachre rhedeg i'r hewl arna'i a allwn i ddim rhedeg ar 'i ôl e â 'mrest i fel hyn . . .' Rwy'n dal Arabela'n dynn ata i. 'O, dyna i chi blentyn ffein yw hon! Dim ffwdan o gwbwl, wyt ti? A cariad mam wyt ti bob tamed i gyd, ontefe?'

Ar ôl i Anti Peg fynd, rwy'n rhoi *cod liver oil* i Arabela a hefyd i Eic. Ond rwy'n gwrthod peth i Ifan Tom. 'Rwyt ti'n ddigon tew fel wyt ti!'

Wedyn, mae Arabela yn peidio â bod yn fabi ac rwy'n rhoi Llyfr Mawr y Plant yn anrheg iddi. Mae Eic ac Ifan Tom bron â bwrw'u whimben o eisiau cael gweld y llyfyr, ond mae Arabela'n gwrthod. A thra mod i'n mynd i'r ardd i nôl cennin i roi yn y cawl, mae'r ddau'n mynd lan i'r lloft. Maen nhw'n gwbod bod twll yn y bôrds yn y seiling, reit uwchben Llyfr Mawr y Plant, a maen nhw'n poeri lawr ar ben y llyfyr. Rwy'n mynd lan i'r lofft ac yn rhoi cosfa i'r ddau grwt, ond Ifan Tom rwy'n glatsho galeta. Maen nhw'n rhedeg ma's o'r tŷ.

Tra mod i'n hwian ac yn maldodi Arabela rwy'n clywed sŵn bach yn dod o gyfeiriad y drws. Rwy'n troi rownd. Sam sydd yno — yn 'i ddyblau o chwerthin. Rwy'n clywed 'y ngwyneb i'n poethi.

'Siarad â dy hunan 'to, ife? A whare â dols!'

Mae'n dechrau 'y mocian i. 'Esther fach, hanner call, yn siarad â'i hunan. A pham oet ti'n mynd fel hyn, gynnau fach?'

Mae'n codi'i benglinau bob yn ail, ond heb symud o'r fan. Dwy ddim yn ateb.

'Rwy'n gwybod — esgus mynd lan i'r lofft oeddet ti! Dyna beth twp i neud.' Rwy'n clywed llais Mam yn y gegin ac rwy'n stwffio'r doliau nôl i'r drâr.

Mae Griffith John gyda Mam. Rwy'n mynd ato fe i ofyn am gusan a charad. Roedd e'n arfer ufuddhau'n serchog iawn bob amser, ond mae'n rhoi hwp i fi nawr. Mae blêser newydd gydag e, ac mae Dad wedi torri'i wallt e. Mae'n edrych yn fwy ac yn dalach.

'Ro'dd Esther yn whare â dols yn y parlwr, ac yn siarad â'i hunan!' Ond does neb yn gwrando ar Sam. Mae Mam a Mang-gu'n siarad am y gwasanaeth wrth y moniwment. Mae Sam yn mynd ar ben stôl ac yn dechrau pregethu.

'Wir mae rhywbeth o fla'n 'i amser yn y crwt 'na, gw'lei!' mynte Mang-gu.

Mae Mam yn edrych ar Sam yn edmygus.

Pan ddaw hi'n amser iddyn nhw fynd, rwy'n gofyn am gael mynd i'w hebrwng nhw.

'Wel, dim ond hyd y bont, te,' mynte Mam. 'Mi fydd hi'n dywyll whap!' Ychydig latheidi o'r tŷ yw'r bont ac, wrth i ni 'i chyrraedd hi, mae'r trên yn mynd heibio. Mae wedi dechrau chwibanu achos bod stesion Llanbeirian yn agos. Rŷn ni'n ei wylio fe'n twnelu, fel neidr lanternog

104

drwy'r gwyll. Ac mae'r tywyllwch yn dew ar ei ôl.

'Gwell i ti droi'n ôl nawr, Esther.' Mae Mam yn cydio yn llaw Griffith John ac mae Sam yn rhoi'i law ar ei braich arall hi. Rwy'n aros i syllu ar eu holau nes 'u bod nhw'n ddim ond ffurfiau yn y gwyll. Rwy'n dychmygu Mam yn cynnau'r lamp pan gyrhaeddan nhw adre, ac mi fydd 'y mrodyr yn chwarae snêcs-an-laders ar y ford fach. Wedyn, mi fydd Dad yn dod adre, gan dynnu'i fag tocyn dros 'i ben wrth ddod drwy'r drws, ac mi fyddan nhw'n cael swper.

Pan af i nôl i Fwlchcerdinen, rwy'n chwilio am y blacled a'r copi-bwc a brynais i ym masâr yr eglwys.

Mae Mang-gu'n gwau sanau. Mae Wncwl Dic yn mynd drwy barau ar barau o sanau ac mi fydda i'n amal yn mynd ag edafedd i Dafi Thomas y Gwehydd iddo fe gael gwau rhyw ddysen o barau ar y tro.

Sanau iddi 'i hunan mae Mang-gu yn wau nawr. Mae'i sanau duon hi'n cyrraedd rhyw ychydig yn unig dros 'i phengliniau ac mi fydd hi'n clymu dau ddarn o incil, yn lle gardys, o dan 'i phengliniau. Welith neb yr incil achos mae'i sgyrt hi'n cyrraedd hyd at 'i migyrnau hi. Heblaw 'i bod hi'n digwydd cwympo, wrth gwrs. Mae'i blwmers hi'n dod lawr i gwrdd â thop 'i sanau hi. Pan oedd hi'n ifanc, dim ond gwragedd byddigions a fyddai'n gwisgo blwmers. Mae'n gwisgo crys gwlanen pinc a wnaeth Mam iddi o wlanen ffatri. Pan fydd hi'n

105

golchi hwnnw, mae'n ofalus iawn i'w nôl e mewn cyn gynted ag y bydd e'n sych rhag ofan i'r gwynt 'i dreulio fe, os bydd hi'n chwythu.

Mae'i gweill hi'n clician nawr wrth i fi chwilio am 'y nghopi-bwc.

'Beth wyt ti'n whilo, Esther fach?'

''Yn nghopi-bwc. Rwy wedi dod o hyd iddo fe nawr.'

'Mynd i sgrifennu barddoniaeth 'to ife? ' Mae'n ochneidio. 'Druan o Dafydd! Roedd e'n sgrifennu barddoniaeth fel pe bai rhywbeth o fla'n i amser e! A meddwl mai dim ond chwarter o ysgol ga'th e, fel finnau . . .'

Rwy'n porthi. 'Lwcus eich bod chi'ch dou wedi dysgu darllen, Mang-gu, heblaw sôn am sgrifennu!'

'Ie . . . a styried mod i ma's yn bugeilio'n wyth oed. Dim ond un a 'nghurodd i erioed am adrodd salmau — ac rown i'n gwbod y rhan fwya ohonyn nhw ar 'y nhgof . . .'

Mae ennyd o ddistawrwydd. 'Pobol wedi dod nôl yn y byd ŷn ni, wel'di. Mi fuodd 'yn mang-gu i mewn ''boarding-school''. Ond un lecsiwn, mi aeth y Mistir tir â 'nhadcu i yn 'i fraich i foto. ''Man hyn mae'r groes i fod, Dafydd Tomos,'' mynte fe. ''Nage, man hyn mae hi i fod heddi,'' mynte 'nhadcu, a foto i'r Liberals . . . Mi ga'th notis i adel y ffarm ar unwaith.'

Rwy'n sgrifennu pennill ac yn ei ddarllen yn uchel i Mang-gu. Mae'n canmol, wedyn mae'n dweud, 'Wyt ti'n siŵr y dylet ti fod yn ymhél â sgrifennu penillion, Esther?'

'Pam rych chi'n gofyn, Mang-gu?'

'Wel, dwyt ti ddim yn gallu gwnïo'n dda iawn eto, wyt ti? Na gweu, o ran hynny. Ro'dd dy fam yn gamstar ar y ddou pan o'dd hi d'oedran di. Bechgyn sy'n sgrifennu barddoniaeth, fel arfer.'

'Ro'dd Cranogwen yn sgrifennu barddoniaeth.'

'Wel, ro'dd rhai'n gweud bod Cranogwen yn debycach i ddyn nag i fenyw. Ond, wrth gwrs, sdim byd i dy rwystro di i sgrifennu ambell i bennill, falle . . .'

Mae Dad yn galw ym Mwlchcerdinen ar ei ffordd adre o'r gwaith.

'Mari ddim yn dda iawn . . . mi licwn i i Esther alw yn y bore am dipyn ar 'i ffordd i'r ysgol i 'mestyn tamed iddi ac i adel y da ma's o'r boidy . . .'

'Pwl o'r bronceitis 'to ife?' Mae Mang-gu yn rhythu'n gyhuddgar arno fe. 'Ma gormod o waith gyda Mari a fuodd hi erio'd yn gryf, fel y gwyddoch chi o'r gore, Tomos. Ers faint mae hi yn y gwely?'

'Oddi ar ddo' . . .'

'Shwt ddoeth hi i ben ddo' te?'

'Mi gloies i'r drws a'i gadael hi yn y gwely . . . ar ôl i'r bois fynd i'r ysgol . . . rôn i'n hwyr yn cyrraedd y gwaith . . .'

'Wel, chlywes i erio'd y fath beth â 'nghlustie! Gadel y fenyw wrth 'i hunan drwy'r dydd, heb neb i 'mestyn llymed iddi!'

'Beth oech chi'n ddisgwl i fi neud te? Ro'dd yn rhaid i fi fynd i'r gwaith . . .'

'Dwy ddim yn gweld fod yn rhaid i chi fynd i weithio fel hyn bob dydd a gadel rhwng Mari a'r lle-bach! Mi 'i codes hi i fod yn deilwres, cofiwch, ac mi gostiodd hynny rwbeth i fi!'

'Mae'n rhaid i fi ennill arian i roi ysgol i'r plant . . . rwy ise iddyn nhw ga'l gwell start mewn bywyd nag y ges i . . .'

Rwy'n eistedd ar y stôl fach wrth y tân ac rwy'n gwybod beth sy'n dod nesaf. Rwyf wedi clywed y stori laweroedd o weithiau '. . . pan own i'n was bach . . . Mistir yn gweud . . . cer â winshyn o flawd draw i Ma's-llyn . . . na . . . na . . . dim ise dala'r gaseg, mi all crwt cryf fel ti gario winshyn o flawd ar dy gefen . . . finne'n gorfod penlinio i ga'l y pwn ar 'y nghefen . . . i gario fe am filltir . . . 'y nghefen i'n gwynegu am wythnose . . . fuodd e byth run peth . . . mi wedes i wrth 'yn hunan y pryd 'ny . . . os byth y ca i blant chân nhw ddim mynd atyn *nhw* . . . ' Mae Mang-gu wedi clywed y stori lawer gwaith o'r bla'n hefyd. Does gydag e ddim i ddysgu iddi hi . . . 'pan o'n i'n forwm fach yn Lloyd Jack . . . codi am bedwar yn y bore . . . carthu'r twlc cyn brecwast . . . byw ar fara barlys, llymru a siot . . .'

'Ta beth, mae'r amser wedi newid. Sdim rhaid gneud cyflog plant heddi — ma cymaint o waith arall iddyn nhw neud . . . gweithio miwn siop . . . dreifo lori . . . Mi fydde'n hytrach gwaith i chi hala Sam i weithio na thowlu'i din tua'r Cownti Sgwl 'na. A dweud y gwir, mi ddylech chi fod yn 'i gadw fe gatre nawr, i arbed tipyn ar

Mari, neu aros gatre'ch hunan . . . ma digon o waith i chi yng Nghwcyrhedydd . . .'

Mae Dad yn gadael Bwlchcerdinen, ei drowsus rib yn frwnt ac olion chwys ar ei grys gwlanen. Mae ei geg yn fwa tyn.

Drannoeth, rwy'n disgyn o'r bws yng Nghnwc-yrhedydd. Mae Sam yn dod arno, ar ei ffordd i'r Cownti Sgŵl, ac rwy'n cwrdd â Griffith John yn dod o'r tŷ. 'Gwêd wrth Mistir na fydda i ddim yn hwyr iawn yn yr ysgol!' rwy'n gweiddi ar ei ôl.

Ond mae'n un ar ddeg erbyn i fy gyrraedd yr ysgol ar ôl mynd â the a chrim-cracers i Mam yn y gwely, arllwys y slops, golchi'r llestri a gollwng y ddwy fuwch o'r beudy.

Dyw Mistir ddim yn blês o gwbl.

    ★   ★   ★   ★

Rwy'n codi'n fore iawn heddiw ac yn dod lawr i'r gegin. Mae Mang-gu'n aildwymo'r porej y mae'n ferwi mewn sosban ddwbwl bob nos ar gyfer brecwast drannoeth. Dyw hi ddim yn blês o gwbl o 'ngweld i.

'O'dd rhaid i ti ddod lawr mor fore?'

'Ond rwy'n mynd i hela calennig!' Hwn yw un o ddiwrnodau mawr 'y mywyd i.

'Pwy lwc wyt ti'n feddwl ddaw i fi o weld croten fach bengoch peth cynta Dydd Calan yn lle dyn pryd-dywyll? Mi allet fod wedi aros nes bod Wncwl Dic wedi codi! Ond Blwyddyn Newydd Dda i ti run peth, merch i,' mae'n ychwanegu mewn llais tynerach.

Rwy'n llowcio 'mhorej a mae Mang-gu'n gwneud i fi gymryd cig moch ac wy hefyd. 'Gan dy fod di'n mynd ma's mor fore.'

Mae Mang-gu wedi gwneud bag i fi roi o am-gylch 'y ngwddwg i ddal y ceiniogau. Pan ddaw Edith a Maud i alw amdana i, mae'n dweud, 'Cadwch draw o dai pobl sy ar 'u pensiwn, a pheidiwch â gneud drygioni!'

Rŷn ni'n mynd o amgylch tai'r pentre yn gyntaf, gan nad yw'r siopau wedi agor. Yn y rhan fwyaf o'r tai, rŷn ni'n cael ceiniog neu ddime am weiddi 'Blwyddyn Newydd Dda' wrth y drysau. Ond mae eraill yn gweiddi 'Ddim yn rhoi' o ddyfnderoedd y tai. Mae eraill eto yn gwrthod ateb o gwbwl. Wrth ddrysau'r rhain rŷn ni'n gweiddi, 'Blwyddyn Newydd Ddrwg, Tŷ'n llawn o fwg.'

Yn y tri banc, mae clerc yn dod i'r drws ac yn 'mestyn ceiniogau newydd, fel sofrenni anferth, ma's o fagiau bach glas. Yn y siopau rŷn ni'n cael pensiliau ag enwau'r siopwr arnyn nhw, neu afal neu oren.

Wrth i ni ddod nôl ar hyd dreif y Noyadd, rŷn ni'n cwrdd â Jac Ianto Bilo Geir a'i chwaer Eunice. Mae Ianto'n aros iddyn nhw ar yr hewl, yn barod i fynd â nhw ar 'i feic, i dai eraill.

'Trueni na allen ni gael gyda'n tadau i fynd â ninnau rownd ar y beic hefyd,' mynte Edith. 'Mi gasglen ni lot o arian cyn douddeg wedyn!' Ond mae'n tadau ni wrth eu gwaith.

Llynedd, mi aeth Ianto â gramaffôn o amgylch ar y beic Nos Galan, ac roedd e'n weindio hwnnw

110

o flaen pob tŷ. Dim ond un record oedd gydag e — 'God rest you merry, gentlemen' — ac roedd y miwsig yn swnio'n bell ac yn egwan iawn. 'Peraidd ganodd sêr y bore' fydd y dynion sy'n mynd o amgylch ar Nos Galan yn arfer ganu. Ond mi dorrodd y gramaffôn.

Pan ddaw hi'n dymor llusiau duon bach, mi fydd Ianto'n trefnu i'r teulu fynd i'r allt gyda'i gilydd, ac mi fyddan nhw'n casglu digon o lusiau iddyn nhw i gyd gael arian i fynd ar drip yr Ysgol Sul. Leusa Dai Mowr fydd yn prynu'r llusiau am rot y pownd, ac mi fydd hi'n 'u gwerthu nhw wedyn am chwecheiniog y pownd i ddyn sy'n dod lan yn unig swydd o'r Sowth.

Sais o'r Ysgol yw Ianto a'i enw iawn e yw Evan Pennington. Priodi merch Bilo Geir wnaeth e, ac mae wedi dysgu Cymraeg yn eitha da, er 'i fod e'n camgymryd yn amal hefyd.

Mae Ianto'n tynnu siarad â ni wrth ddisgwyl Eunice a Jac.

'Faint o calennig ti wedi casglu?'

Gan mai arnaf i mae'n edrych, rwy'n ateb, 'Dim llawer, hyd yn hyn.'

'Ble mae tad ti'n gweiffio nawr?' 'Gweithio' mae e'n feddwl.

'Cwympo co'd i Evans Brothers.'

'Odi hi'n lico'r gwaiff?'

Mae Eunice wedi dod lawr y dreif. 'Odi e 'n lico'r gwaith ddylech chi weud, Dad!' Mae'n swnio fel Miss yn yr ysgol.

'Pwy weloch chi yn y Noyadd?' mae Ianto'n gofyn.

'Mrs. Puw Williams,' Jac sy'n ateb.

'Faint o calennig cest ti gyda fe?'

'Gyda *hi*, Dad!' Mae Eunice yn ddiamynedd. 'Menyw yw Mrs. Williams!' Mae Ianto'n codi Jac ac Eunice ar y beic, un ar y bar a'r llall ar y set ôl. Mae Jac yn edrych lawr 'i drwyn arnon ni ac mae Eunice yn stico'i thafod ma's.

'O ma' hen seiens gyda honna!' mynte Edith.

Rŷn ni'n awr ar gyrion y pentre. Rŷn ni'n cyfri'r arian a gweld bod gyda ni bedwar swllt a grot a dime'r un. Mae Edith yn troi i mewn i Creigle ac yn prynu *Lyons Swiss Roll* am rot a dime. Mae mwy nag un ffarm yn agos i'r lôn gul lle rŷn ni'n troi lan. Mae tai ar y ffordd hefyd, ond dŷn ni ddim yn cael llawer o lwc ar hela calennig. Mae wedi deuddeg erbyn hyn, a phobol wedi dibennu rhoi.

Mae beic Ianto Bilo Geir yn pwyso yn erbyn clawdd wrth ymyl iet. Ond does dim sôn am Ianto na'r plant.

'Falle 'u bod nhw wedi mynd i ddymuno Blwyddyn Newydd Dda i'r cwningod!' chwarddodd Maud. Rŷn ni'n tair yn dringo dros y glwyd.

Un o gaeau ffarm y Fron yw hwn, ac mae'r tir yn oleddu'n serth iawn. Yng nghysgod y clawdd, yn agos i'r glwyd, mae Eunice a Jac wrthi'n cyfri 'u calennig.

'Rŷn ni wedi hela chweugain yr un!' mynte Eunice. 'Faint ych chi wedi hela?'

'O gad dy hen seiens!' atebodd Edith.

'Ble mae'ch tad, 'te?' gofynnodd Maud i Jac.

'Mae e lawr manna.' Roedd yn rhaid i ni edrych yn go fanwl cyn gweld Jac yn cwtsho wrth goeden islaw i ni.

'Beth mae e'n wneud manna, te?' gofynnais innau.

'Mae Dai Bananas a Cled Sam Teilwr yn ffureta, ac mi ofynon nhw i Dada i aros wrth dop y waren tra bôn nhw ar y gwaelod, rhag ofan i'r ffuret ddod ma's rha' gwbod a mynd ar goll.'

'A ni yw'r lwcowts!' Mi ddechreuais i ddeall pam oedd Edith yn dweud bod seiens gydag Eunice. 'Os daw Ifans Polîs lan yr hewl, rŷn ni fod i weiddi ar Dada ar unwaith , wedyn mi fydd Dai a Cled yn dianc lawr y fron!'

'Mi welon ni Ifans Polîs ar 'i feic yn y pentre gynnau.' Rwy'n teimlo 'i bod hi'n ddyletswydd arna i ddweud hyn.

Mynte Edith, 'Ac rwy'n gobeithio y dalith e dy dad *a* Dai Bananas *a* Cled Sam Teilwr, hefyd!'

Go ddi-gwnt yw'r tri yma gan bawb, ac mae'n debyg bod Edith wedi clywed beth rwy i'n glywed yn amal iawn gan bobol sy'n dod i hôl dŵr o'r plwmp yn Bwlchcerdinen. 'Mae diogi lond cro'n Ianto Bilo Geir — does dim ise gwaith arno fe achos mae'n well arno fe ar y dôl . . . ac mae'n byw ar 'i wits!'

Rwy'n gwybod hefyd bod wits Ianto yn ei adael e lawr yn gas weithiau. Roedd Sam yn dweud bod gormod o ddiogi ar Ianto i godi o'r gwely yn y nos, ac un noson roedd e wedi ffito darn o diwben beic wrth ei gorff, a honno'n mynd ma's drwy'r ffenest a adawyd yn gilagored. Ond mi anghofiodd Ianto bod y gwely'n is na'r ffenest ac mi ddaeth y cwbwl nôl, a gwlychu Ianto a Hannah 'i wraig hyd at 'u crwyn.

Dyw Eunice ddim yn lico bod neb yn dymuno'n ddrwg i'w thad, ac mae'n tynnu gwallt Edith. Wedyn, rŷn ni i gyd yn dechrau ymladd. Rhaid bod Ianto wedi clywed y mwstwr, achos mae'n ymddangos yn ein plith. Rŷn ni'n tawelu bron ar unwaith, a chyn i Ianto droi'n ôl, mae Edith wedi darnio'r *Swiss Roll* ac yn 'i rhannu rhyngon ni'n pump. Ac, o achos bod ein bryd ar fwyta, does dim un ohonon ni'n sylwi bod Ifans Polîs wrth y glwyd nes ei fod wed'i hagor hi a dweud, 'A beth sy'n mynd 'mlân man hyn, te?'

Dyw Eunice a Jac ddim yn cael amser i rybuddio'u tad achos mae Ianto wedi clywed llais Ifans. Rŷn ni'n gweld 'i gap fflat e'n ymddangos o du ôl y goeden ac, wrth i Ifans fynd yn ei flaen i gyfeiriad y cap, rŷn ni'n clywed Ianto'n gweiddi, 'Mae hi'n dod, bois, mae hi'n dod!' Ac rŷn ni'n clywed llais Dai Bananas yn gweiddi,

'Dere gloi, Cled, neu mi gollwn ni'r ffuret!'

Mae'r tri'n cyrraedd pen y waren yr un pryd — Dai Bananas, Cled Sam Teilwr ac Ifans Polîs. Mae Cled a Dai yn hanner troi bant pan welan nhw Ifans, ond mae hwnnw eisoes yn tynnu llyfyr bach ma's o boced dop 'i diwnic.

Dim ond Ianto Bilo Geir sy'n llwyddo i'w gwân hi. Cyn pen chwinciad llygad llo mae wedi cydio yn y beic ac yn dechrau ffri-whilo lawr y gwared, Jac ar y bar ac Eunice ar y sêt tu ôl.

Dyw Eunice ddim yn troi i wneud clemau arnon ni'r tro yma achos mae'n rhy fisi yn gweiddi ar gefen ei thad, 'Hi am ffuret, Dad, fe am blisman!'

★   ★   ★   ★

Heddiw mae Mistir yn darllen ma's enwau'r rhai sy wedi llwyddo i fynd i'r Cownti Sgŵl. Rwy i wedi ennill lle am ddim a hefyd ddwybunt y tymor ar gyfer prynu llyfrau. Mae rhai eraill wedi llwyddo ond eu bod nhw'n gorfod talu am eu lle a'u llyfrau. Fel roedd Mam yn dweud, mi fydd hi'n ddigon i'n rhieni i i dalu am y bỳs, sy'n costi tri swllt yr wythnos, ac am 'yn iwnifform i. Rwy'n edrych 'mlaen yn fawr at wisgo'r iwni-fform, yn enwedig y *sash* du â phatrwm melyn arni.

Ond mae heddiw'n ddiwrnod pwysig am reswm arall hefyd. Mae Mr. Tom Hughes wedi dod yn athro i'r ysgol. Fydd e ddim yn athro iawn am sbel, ond mae wedi paso'r *Senior* a'r *Matric* ac mae'n glyfer iawn. Mae'n eistedd wrth ddesg Mistir nawr ac mae'n gwenu arna i wrth bod Mistir yn 'y nghanmol i am wneud mor dda yn y sgolorship.

Tra'n bod ni'n gwneud syms, mae Mistir yn tynnu pentwr o'n llyfrau *composition* ni o'r cwpwrdd ac yn eu rhoi i Mr. Hughes i'w darllen. Rwy'n ei wylio yn agor pob llyfr ac yn troi'r tudalennau. Rwy'n adnabod 'yn llyfr i achos mae blot mawr, siâp persyn, ar y clawr. Mae

Mistir yn gofyn i ni sgrifennu barddoniaeth weithiau ac mae e wedi sgrifennu 'Da iawn' neu 'Ardderchog' wrth f'ymgeision i bob un. Rwy'n sylwi bod Mr. Hughes yn aros yn hir uwchben 'yn llyfyr i heb droi'r dail. O'r diwedd mae'n edrych lan. Mae'n llygaid ni'n cyfarfod ac mae e'n gwenu arna i.

Mae Mang-gu'n falch iawn mod i wedi paso'r sgolorship. Ond ymhen tipyn mae'n gofyn, 'Wyt ti'n siŵr dy fod di'n 'mofyn mynd i'r Cownti Sgŵl 'na?'

'Wel . . . odw . . .' Rwy'n synnu 'i bod hi'n gofyn.

'Meddwl o'n i falle bydde'n well gyda ti fynd i wasanaethu.'

'O'ch *chi* ddim yn lico gwasanaethu!'

'Na, ond ma' pethe wedi newid . . . bara barlys o'n i'n ga'l i fyta, weldi, a dim ond ar Ddydd Sul ro'n ni'n ca'l te i yfed. Ond mae bywyd eitha da ar forynion nawr.'

Rwy'n meddwl am y morynion sy yn Llanbeirian. Mae Mrs. Phillips, gwraig manyjer Barclays Bank, yn cadw un a phan a i i'r drws ar ryw neges weithiau, mae'r forwyn yn gofyn, 'What name, please?' er 'i bod hi'n f'adnabod i'n eitha da, a hi a Mrs. Phillips yn gallu siarad Cymraeg cystal â finnau. Wedi dysgu Cymraeg mae'r forwyn, wrth gwrs, achos croten o'r Ysgol yw hi ac mae Mrs. Phillips yn rhoi cosfa iddi pryd myn hi.

'Mi fydde bod yn forwm miwn plas yn dy siwto di i'r dim. Rwy'n cofio fel rown i bron â bwrw'n wimben o ise cap â ffrils, slawer dydd, a serfo te yn y plasty yn lle llwytho dom yn 'yn ffedog fras. Falle gallet ti godi i fod yn *lady's maid.*'

Rwy'n teimlo 'i bod hi'n bryd newid y siarad.

'Mae athro newydd gyda ni yn 'rysgol — Mr. Hughes. Mae e'n neis iawn.'

'Hy! Hytrach gwaith i'w fam e neud 'i gyflog yntau hefyd, a hithau'n widw.'

'Ond mae e'n glyfer iawn Mang-gu.'

'Tebyg 'i fod e — yn rhy glyfer i weitho, fentra i! Dyna'r gwaetha o roi ysgol i blant — plannu syn-iadau dwl yn 'u pennau nhw a'u hala nhw i fyw yn uwch na'u stad! Mi ddyle'r crwt Tom fod yn gneud rhwbeth i helpu'i fam, ar ôl bod yn towlu'i din sha'r Cownti Sgŵl 'na am yr holl amser. Mae'n ddigon main arni nôl beth rwy'n glywed . . . ond creadur digon ffit yw hi hefyd . . . ro'dd 'i mam hi'n ddigon ffit i'ch blingo chi, mynte Meri Pen-steps . . .'

'Licech chi i fi neud ych gwallt chi, Mang-gu?'

Mae'n gloywi drwyddi, 'O'r gore, te . . .'

Rwy'n hôl y brwsh a'r grib ac yn tynnu'r cribau bach o'i gwallt hi, ac yn dechrau cribo a brwsho. Rwy'n troi'r gwallt tenau, llwydwyn i bob steil y gwn i amdano — yn fynnen ar 'i phen hi, yn blethau am 'i chlustiau hi ac yn hir, hir, gyda rhuban ynddo fe, fel gwallt hen sipsi. Braidd symud y mae'r gadair siglo. 'Er maen nhw'n gweud mai hen grwt iawn yw'r Tom 'na hefyd. Ond dyna, wa'th i ti beth, thynni di byth ddyn oddi ar 'i dylwyth . . .'

Mae Mr. Hughes wedi gofyn i ni sgrifennu rhywbeth ar y Gwanwyn. 'Gall fod yn rhywbeth — stori, traethawd neu hyd yn oed lun os mynnwch chi,' mynte fe, wrth osod y gwaith cartre. Mi rois i'n llaw lan, 'Plis syr, allwn ni sgrifennu barddonieth?'

'Wel . . . gallwch os mynnwch chi . . .'

Roedd Mistir yn eistedd wrth 'i ddesg yn marco'n llyfrau syms ni. Dyma'r pantau bach cyfarwydd yn ymddangos yn ei fochau wrth iddo fe ateb, 'Bydd rhaid i'r farddonieth fod yn dda, Esther! Mae Mr. Hughes yn fardd 'i hun, cofiwch!' A dyma Mr. Hughes yn cochi.

Roedd hyn ddeuddydd yn ôl ac mi fues i'n gweithio'n galed ar y gwaith cartre — yng Nghnwcyrhedydd ar y ffordd adre o'r ysgol a hefyd yn Bwlchcerdinen cyn mynd i'r gwely.

Roedd Sam yn chwerthin ar 'y mhen i. 'Dim ond gyda bechgyn y mae hawl i sgrifennu barddonieth,' mynte fe, pan ddaeth e adre o'r ysgol. 'Gwnïo a phethe felny yw gwaith merched. Mi fyddi di'n dachre tyddu mwstash os ei mlân fel hyn!'

Mi secodd Griffith John 'i big mewn, 'Ac mi fydd raid i ti fenthyca'r cwpan-dyn-â-mwstash sy gyda Mang-gu yn y cwpwrdd cornel cyn y byddi di'n gallu hyfed te!' Dyma fe'n cwympo'n ôl ar y sgiw, yn 'i ddyblau.

Roedd hyn ddeuddydd yn ôl ac mae Mr. Hughes yn rhoi'r papurau gwaith cartre nôl i ni nawr a dweud wrthon ni am gopïo'r gwaith yn

118

ein llyfrau gorau. Fy mhapur i sydd ar waelod y pentwr.

'Mae'r ymgais yma'n eitha da, Esther . . .' Rwy'n edrych lan. Mae'i lygaid e'n las fel y clychau gog sydd eisoes yn syfrdandod swil ar lawr yr allt. Ac mae e'n gwenu arna i. Dim mocian. Dim sôn am fwstash.

'Oddi ar pryd rych chi'n barddoni, Esther?' Rwy'n ceisio ateb ond mae 'nhafod i'n gwrthod symud. Ond mae Mr. Hughes yn mynd ymlaen, yn gywir fel pe bawn i wedi ateb. 'Mae'n rhaid i chi ddal ati . . .'

Dyna pryd y mae'r drws yn agor yn ddisymwth. Mae Mistir a Mr. Hughes yn troi mewn syndod, a chyn bod neb wedi cael amser i sefyll ar 'i draed a dweud 'Bore da, Mr. Jones,' mae John Jones Bryn-drain yn rhuthro lan at ddesg Mistir.

'Hop-hop-m-m-mae rh-hop-hop-rhywun we-we-we-wedi bod yn dwyn geir oddi arna i . . . hop-hop-n-neithwr-hop-hop-ddwe-ddwetha- m-m-hop-hop-fu-fuodd rh-rh-hop-hop rhywun yn y t-t-t-tŷ g-g-hop-hop-geir a hop-hop-d-d-dwgyd 'y ng-hop-hop-ngeir i . . .'

Mae Mistir yn edrych yn anghysurus. 'Falle mai cadno ddaeth heibio . . .'

'C-c-c-hop-hop- cadno â hop-hop-dwy g-g-goes allwn i hop-hop f-f-hop-hop-feddwl!'

Mae atal dweud ar Mr. Jones bob amser, ond mae e'n waeth pan fydd e'n grac, ac mae e'n grac yn amal iawn. Hopiti Jones mae'r bois yn 'i alw fe.

Rwy inne'n grac nawr hefyd achos mae Hopiti wedi sarnu'r siarad oedd rhwng Mr. Hughes a fi. Mae Mistir yn hebrwng Hopiti ma's a hwnnw'n gweiddi 'Hop-hop-hop-os d-d-dala i'r d-d-d-diawl bach, mia-a-a-i ag e i'r pol-hop-hop-polîs-hop-st-st-steshon hop-hop-ar unwaith . . .' Mae Mr. Hughes yn edrych ar ôl y dosbarth tra bo Mistir ma's, ac mae'n amser chwarae wedyn.

Rwy'n dechrau dweud yr hanes wrth Mang-gu cyn mynd i'r gwely. 'Druan o Dafydd 'y mrawd! Falle bydde fe wedi dod yn enwog oni bai iddo fe gael 'i ladd tan ddaear . . . maen nhw'n dweud bod y ddawn yn neido cenhedlaeth . . .'

Rwy'n cofio rhywbeth. 'Mang-gu, o's gwa'd y Gwyddel yndo i?'

Mae'n edrych lan yn sydyn. 'Pwy wedodd 'na wrthot ti?'

'Clywed ta-cu Tomi Bilo Geir yn gweud, wnes i . . . yn yr efel . . . sbel fowr nôl . . . odi e'n wir . . .?'

'Dyw hi ddim yn bryd i ti fod yn y gwely, lo's? Mae wedi deg o'r gloch!' Mae'i llais hi'n siarp iawn.

Mae Mr. Hughes wedi gosod rhagor o waith cartre i ni — sgrifennu am flodau neu flodyn y tro yma. 'Mi allwch chi sgrifennu beth bynnag fynnwch chi — traethawd neu farddoniaeth . . .' Mae'n edrych arna' i fel pe bai fe'n gwybod mai fi fydd yr unig un fydd yn sgrifennu barddon-iaeth. Ac rwy'n gwybod cyn dechrau na fydda i ddim yn siomi Mr. Hughes.

Ar y ffordd adre o'r ysgol rwy'n gweld llygaid Ebrill yn tyfu uwchben y nant. Rwy wedi'u gweld nhw lawer gwaith o'r blaen, wrth gwrs, ac mi fydda i bob amser yn aros gyda nhw i edrych arnyn nhw ac i gyffwrdd â nhw. Ond mae rhyw deimlad rhyfedd yn dod drosto i wrth syllu arnyn nhw heddiw, rhyw deimlad na alla i mo'i ddisgrifio. Mae fel pe bawn i wedi dod i'w hadnabod am y tro cynta erioed. Rwy'n gwybod mai amdanyn nhw y bydda i'n sgrifennu. Dwy ddim yn galw yng Nghnwcyrhedydd ar y ffordd adre.

Rwy'n eistedd wrth ford y gegin nawr yn sgrifennu. Ond y tro yma mae'n llawer mwy anodd. O, mae'n ddigon hawdd cael odl, ond rwy'n ffaelu'n lân â dod o hyd i eiriau i ddisgrifio'r teimlad ges i wrth syllu ar y llygaid Ebrill yn gynharach. Mae Mang-gu'n eistedd wrth y tân.

'Pwy sy'n dod lawr gyda thalcen y tŷ?' Rwy'n codi 'mhen i edrych drwy'r ffenest.

'Bilo Geir a Tom Pantsgawen.'

Mae'r ddau yn amal yn dod i adael 'u beics wrth dalcen Bwlchcerdinen pan fyddan nhw'n dod i un o dafarnau Llanbeirian yn lle mynd i'r Blue Belle.

'Felly wir!' Mae Mang-gu'n codi a mynd ma's. Ychydig yn ddiweddarach, rwy'n clywed lleisiau wrth dalcen y tŷ. Rwy'n mynd at ddrws y cefen.

'. . . a gad i fi weud wrthot ti, Bilo Geir, bod gwaeth gwaed i'w gael nag un y padis! Dim ond edrych ar dy wyneb di sydd ise i ddeall pwy yw dy dylwyth *di*! Mi fydd marc y Gwylliaid Cochion ar dy dylwyth di hyd Ddydd y Farn!'

Alla i ddim gweld Bilo ond mi alla i ddychmygu
'i wyneb e'n gwelwi, gan wneud i'r marc coch
ymddangos yn gochach, yn union fel y bydd un
Tomi 'n wneud yn yr ysgol, pan fydd e'n grac.

'Nawr, drychwch ma, Marged Ifans . . . os ma'
sôn am dylwyth ych chi . . .'

Mae Mang-gu'n torri ar draws Tom Pant-
sgawen. 'Mi alli dithe dewi hefyd, 'ngwas i!
Garw mor fyr yw dy gof di! Un o ddisgynyddion
Harri'r Seithfed wyt ti — ma' pawb yn gwbod
faint o blant ordderch adawodd *hwnnw* ar 'i
ffordd i Byswyrth! Ac ma Clefyd y Brenin wedi'ch
dilyn chi lawr . . . o leia does dim manwynion yn
nhylwyth y padis . . .'

Yn ddiweddarach, yn y gwely, rwy'n mynd
dros y gerdd rwy'n geisio 'i sgrifennu i Mr.
Hughes. Rwy'n gwybod bod rhywbeth yn eisiau
arni. Yn 'y meddwl, rwy'n mynd nôl at yr eiliad
y gwelais i'r llygaid Ebrill. Mi welais ac mi ddeall-
ais i rywbeth y mae'n rhaid i mi ddod o hyd i
eiriau sy'n ei ddisgrifio er mwyn i Mr. Hughes
rannu'r profiad â fi hefyd. Rwy'n gwybod na
fydd e ddim yn chwerthin fel y mae pawb arall
wedi'i wneud hyd yn hyn, pan sonia i am iaith y
blodau.

Rwy'n troi ac yn trosi ac yn ymbalafu yn y
tywyllwch. Weithiau, mae geiriau yn ymddangos
o fewn hyd braich. Rwy'n rhedeg ar 'u holau,
ond ar ôl 'u dal rwy'n gweld mai pethau digon tila
a phitw ydyn nhw. Rwy'n troi ac yn trosi . . . yr
ochor arall i'r berth mae'r geiriau'n chwythu ac
yn ffroeni ac yn gweryru fel meirch ond pan

122

lwydda i i ddringo'r berth, maen nhw'n carlamu i ffwrdd. Mae atsain eu carnau fel tyrfau yn y pellter. Rwy'n dihuno i sŵn clocsiau Mang-gu ar lawr y gegin. Rwy'n codi'n frysiog. 'Hen bryd i ti godi hefyd gwlei! Byt dy frecwast gloi neu mi golli di'r bỳs!'

'Dwy ddim yn teimlo'n dda iawn, Mang-gu — tipyn o boen yn 'y mola i . . .'

'Wedi seco gormod iddo fe, siŵr o fod!' Mae Mang-gu'n mynd i'r llofft ond mae'n dod nôl yn gloi iawn. Mae'n cario cynfas gwely.

'Ymladd ceiliogod fuodd hi neithwr, ife?' Mae'n agor y cynfas o mlaen i ond dyw hi ddim yn grac.

'Mae'n rhaid i fi roi hon yn wlych mewn dŵr a halen . . . Rwyt ti wedi dechre dod i dy le, Esther. Wyt ti'n gwbod beth mae hynny'n olygu?'

★　　　★　　　★　　　★

Mae'r plant sydd wedi llwyddo yn y sgolorship yn gorfod gweithio'n galetach nag erioed. Ffrac-shyns, ffracshyns, yw hi bob dydd, a Mr. Hughes yn gorfod marco'n gwaith ni.

'Dŷn ni ddim ise iddin nhw feddwl tua'r Cownti Sgŵl 'na mai dim ond Cymraeg a Saes-neg rŷn ni'n wneud yn yr ysgol fach 'ma!' mynte Mistir. 'A sgrifennu barddoniaeth,' mae'n ych-wanegu 'mhen tipyn, gan edrych arna i, a'r pantau bach yn dechrau ymddangos yn 'i fochau. Ond mae golwg flinedig arno, ac mae'n peswch llawer. Rwy'n edrych i fyny ar Mr. Hughes. Mae gwên yn ei lygaid, ac rwy'n cofio am glychau'r gog. Mae rheiny wedi dechrau colli'u swildod, ac yn ymddangos ar Riw Forgan nawr, yn ogystal ag yn yr allt.

Mae Mistir wedi mynd i eistedd wrth ei ddesg, ond dyw e ddim yn marco llyfrau, dim ond eistedd â'i benelinoedd ar y ddesg, a'i ben yn 'i ddwylo.

'Pryd cawn ni sgrifennu barddoniaeth eto, syr?' Mae Mr. Hughes yn sibrwd 'i ateb.

'Oes gyda chi ryw bwnc mewn golwg, Esther?'

'Oes, syr . . . mi licwn i sgrifennu cerdd i glych-au'r gog.'

'Wel, gwnewch hynny ar ôl mynd adre heno ac mi edrycha i arni fory.'

'O, diolch, syr!'

'Ac Esther, peidiwch byth â rhoi'r gorau i farddoni, waeth beth ddigwydd i chi . . .'

Sibrwd mae e o hyd. Nid fel pe bai fe ddim eisiau i neb arall glywed, ond fel pe bai fe'n credu mai dim ond fi sy'n deall.

'Mi hoffwn i sgrifennu llawer am y blodau.'

'Mae iaith arbennig gan flodau . . . gan Natur . . . iaith y tragwyddol . . .'

Rwy'n edrych ym myw ei lygaid. Ac mi wn i, gyda gwybodaeth sicir, na fydda i byth yn hapusach nag ydw i y foment hon.

'Ymhél â'r hen farddoni 'na wyt ti heno 'to, lo's fach? Hytrach gwaith i ti wnïo hem dy sgyrt nôl — mae wedi dechrau dod lawr ers dwarnode! A phaid â sarnu dy lyged yn y gwyll 'ma — dere i ddala'r 'dafedd 'ma i fi nes 'i bod hi'n bryd cynnau golau.' Rwy'n lledu fy mreichiau ac

124

mae Mang-gu yn angori'r edafedd ar fy nwy law. Rwy'n wynebu'r ffenest, ac rwy'n gweld y gath yn mynd i mewn i'r sied.

'Beth ŷch chi'n mynd i neud â'r cathod bach, Mang-gu?'

'Wn i ddim wir . . . does neb ise cathod Mis Mai, wel'di. Dŷn nhw ddim yn barchus am ryw reswm. Mi fydd rhaid 'u boddi nhw, a hynny'n go gloi, cyn iddyn nhw agor 'u llyged.'

Y tu hwnt i'r sied mae'r relwe. Mae llawer o bobol yn cerdded arni pan fydd y tywydd yn ffein, ond dŷn nhw ddim fod gwneud hynny, wrth gwrs.

Rwy'n clywed gweiddi yn y pellter. Mae'r llais yn ddigamsyniol. Mae'r geiriau'n eglur. 'Hop-hop-dyma fiho-ho-hop wedi hop- dy-dd-dd-ddala d-d-di ho-ho-hop o'r d-d-diwedd, y ll-ll-lleidir ho-ho-â ti . . .'

Mae Mang-gu a fi yn rhuthro i'r drws. Hopiti Jones sy'n cerdded y lein ac mae e'n arwain rhywun . . . gerfydd 'i glust . . .

'Hawyr bach, beth mae'r dyn yn geiso gyda'r bachgen? Alla i ddim gweld yn y gwyll fel hyn heb 'yn sbectol . . .' Dwy ddim yn cynnig nôl sbectol Mang-gu. Mae rhywbeth yn gyfarwydd iawn yn y person sy'n cael 'i arwain gerfydd 'i glust.

'Ho-ho-hop-d-d-d-dyma fi we-we-wedi dy ddala d-d-di o'r d-d-diwedd ho-ho-hop-y ll-ll-lleidir b-b-bach! Ho-ho-hop at y polîs ho-hop-a ti-hop-hop-rwyt ti'n hop-hop-lwcus na ho-ho-

hop-thynnes i d-d-d-dy ly-ly-lyged di-ho-ho-hop-
drwy d-d-d-dy d-d-din di, y d-d-diawl b-b-bach.'

Mae'r ddau yn diflannu i'r gwyll.

'Pwy o'dd e te?' Mae Mang-gu yn llawn
busnes.

'Jones Bryn-drain.'

'Rown i'n nabod hwnnw wrth 'i sŵn e! Y
bachgen o'dd e'n arwen wrth 'i glust rwy'n
feddwl . . . ro'dd hi'n rhy dywyll i fi 'i nabod e . . .'

'Wn i ddim.'

'Wel mae e wedi dala'r lleidir, ta beth, ar ôl yr
holl amser . . . Iawn i'r lleidir ga'l i ddala wrth
gwrs, ond wn i ddim am 'i arwen e gerfydd 'i glust
at y polîs yr holl ffordd, chwaith . . . lwcus os na
ddaw 'i glust e bant . . .'

Mae Mang-gu yn cynnau'r golau. Rwy'n cau
beth rwy newydd weld ma's o'n meddwl ac
rwy'n gorffen 'y ngherdd i glychau'r gog. Rwy'n
'i rhoi yn 'y mhoced yn barod i'w dangos i Mr.
Hughes fory. Mi fydd e yn yr ysgol. Wrth gwrs y
bydd e.

Dyw Mr. Hughes ddim yn 'rysgol heddiw.
Dyw Mistir ddim yma chwaith. Dim ond Miss
sydd yma i edrych ar ein holau ni.

'Ble mae Mistir?' rwy'n gofyn i Miss.

'Yn sâl yn 'i wely.'

'Ble mae Mr. Hughes te? Odi hwnnw'n sâl
hefyd?' Besi Glan-llyn sy'n gofyn. Dyw Miss
ddim yn ateb, dim ond gweiddi ar y bechgyn i
eistedd yn llonydd yn 'u desgiau.

Ar ôl pleyteim mae'r sgwlyn newydd yn cyr-
raedd. Mae'n dweud wrthon ni am ddarllen

Piers Plowman a Priffordd Llên drwy weddill y bore, tra 'i fod e'n edrych drwy'r cwpwrdd. Rŷn ni'n gwneud *Common-sense English* yn y prynhawn. A drwy'r dydd, does dim sôn am Mr. Hughes. Bob hyn a hyn, rwy'n cyffwrdd â'r gerdd sy gyda fi yn 'y mhoced.

Ar ddiwedd y prynhawn, rwy'n aros ar ôl nes bod y plant eraill i gyd wedi mynd. Mae Mr. Rees, y sgwlyn newydd, yn eistedd yn nesg Mistir.

'Plîs syr, fydd Mr. Hughes yn 'rysgol fory?'

Mae chwerthiniad cas iawn gyda Mr. Rees. 'Na . . . dwy ddim yn meddwl . . . nac am sawl fory arall chwaith . . . y . . . beth yw'ch enw chi?'

'Esther, syr.'

'Beth ych chi eisiau gyda Mr. Hughes, Esther?'

Rwy'n falch o gael esgus i dynnu'r gerdd ma's o mhoced. Mae Mr. Rees yn edrych arni cyn 'i phlygu nôl a'i dychwelyd i fi. Mae'i wyneb e run peth nawr ag oedd e cyn iddo fe weld y gerdd.

'Wel . . . Esther . . . mi fyddwch chi'n mynd i'r Cownti Sgŵl y tymor nesaf, on'd byddwch chi? Rhaid i chi ddangos y gerdd i'r athro Cymraeg yno . . .'

Ar y ffordd i'r ysgol rown i wedi casglu tusw o glychau'r gog a'u rhoi mewn pot jam ar sil y ffenest. Dwy ddim eisiau'u gadael yma nawr.

'Ga i fynd â 'mlodau gatre gyda fi syr?'

Rwy'n teimlo llygaid Mr. Rees yn 'y nilyn i wrth i fi fynd i nôl y blodau. Rwy'n cydio ynddyn nhw'n dynn. Mae'r coesau'n wlyb yn 'yn llaw i.

'Odi chi wedi cael eich iwnifform eto, Esther?'

Mae Mr. Rees wedi gadael y ddesg ac yn sefyll o flaen y stôf.

'Ddim eto . . .'

'Iwnifform nefi-blw, ife?'

'Ie . . . a *sash* ddu â sig-sag felen arni hi, a blows wen a thei . . .' Rwy'n barod iawn i drafod yr iwnifform gyda unrhyw un sy'n fodlon gwrando. 'Ac mae'n rhaid i'r *gym-dress* fod dair modfedd yn uwch na 'mhenliniau i, syr, pan fydda i'n penlinio, neu neuth hi ddim o'r tro . . .' Mae golwg freuddwydiol wedi dod i lygaid Mr. Rees.

'Ac mi fyddwch chi'n tyfu'ch gwallt yn blethau, Esther . . .'

'Na fydda, syr . . .'

'O, mi ddylech! Rwy'n hoff iawn o ferched bach â phlethau . . . Ac mi fydd y *gym dress* dair modfedd yn uwch na'ch penliniau chi, wedoch chi?'

'Pan . . . pan fydda i'n penlinio, syr . . .'

'Penliniwch i fi gael gweld.' Sgwlyn od yw Mr. Rees.

'Mi fydd eich *gym dress* chi'n cyrraedd hyd tua ffor' hyn . . .' Mae'i ddwylo fe ar 'y mhengliniau i.

'Mi fydd hi'n fyrrach na'r ffroc sydd amdanoch chi nawr . . .'

Rwy'n ceisio codi. 'Mae'n well i fi fynd nawr — mi fydd Mang-gu yn 'y nisgwyl i . . .'

Ond dyw Mr. Rees ddim yn 'y nghlywed i. Mae'i ddwylo o dan 'yn ffroc i, yn troi'r hem lan.

'Felna fydd hi'n edrych . . . ac mi fydd eich

sanau duon chi'n cyrraedd yn uwch ar eich coesau chi . . . wrth gwrs . . . dipyn yn uwch . . .'

Gyferbyn â'r stafell, yr ochor draw i iard y merched, mae daear fyw. Yma mae menyg Mair yn tyfu. Blodau talsyth, nobl ydyn nhw, ac weithiau, pan fo'r wers yn ddiflas, rwy'n gofyn am gael mynd i'r tŷ bach, er mwyn mynd atyn nhw.

Rwy'n gallu'u gweld nhw nawr, o'r lle rwy'n penlinio. Mae cachgi bwm yn un ohonyn nhw, yn busnesa ac yn bwnglera ac yn ffwndro. O'r diwedd, mae'n hedfan bant, gan adael y planhigyn yn siglo'n ôl a blaen, yn ddiymadferth. Rwy'n siŵr bod y blodyn wedi'i sigo'n gas.

Rwy'n codi. 'Rhaid i fi fynd, nawr . . .' Mae'n llais i'n llawer uwch nag oeddwn i'n olygu iddo fe fod, ac mae 'ngwefusau i wedi dechrau crynu.

'O'r gorau, Esther . . . ie . . . gwell i chi fynd . . .' Mae'n 'y ngwasgu i ato. 'Dewch nôl rywbryd, y tymor nesa, Esther, pan fyddwch chi yn y Cownti Sgŵl, ac wedi dechrau magu pwsi fach . . .'

Wn i ddim sut y gŵyr e am y cathod bach ym Mwlchcerdinen. Ond fyddwn i ddim yn cynnig unrhyw gath fach i hwn, ddim hyd yn oed gath fach Mis Mai. Mi fyddai'n well genni weld 'i boddi hi, cyn iddi agor 'i llygaid. Rwy'n rhedeg ma's drwy'r drws.

Rwy'n rhedeg lawr heibio i pond-bach a lan Rhiw Forgan. Mae'r clychau gog wedi bod yn 'y ngafael i drwy'r amser. Mae'u coesau nhw'n stecs yn 'yn llaw i ac maen nhw'n dechrau drewi.

O edrych yn glòs arnyn nhw, hen flodau digon salw ydyn nhw, ac mae Coesau Brain yn llawer rheitiach enw arnyn nhw. Mae rhywbeth yn ffals yng ngwên y llygaid Ebrill hefyd, ac rwy'n anelu cic atyn nhw. Ac wrth i fi daflu'r Coesau Brain drewllyd dros ben clawdd, rwy'n tybio mod i'n clywed crawc llyffant yr ochor draw.

Mae amser maith ers pan glywais i lyffant yn crawcian. Amser maith iawn.